E.B.White

The Second Tree from the Corner

从街角数起的第二棵树

〔美〕E.B.怀特 著 孙仲旭 译

上海译文出版社

序

从这些文字中,能够读出一种重访的倾向,想旧地重游、旧时再历,希望再度品尝别离时甜蜜的悲伤。从某些篇章来看,这本书就是回到我的犯罪现场的伤感旅程。可以看出,我也是个喜欢道别的人,这一点有证有据。有一篇记录了我在理发店跟一个素不相识的人道别,因为他当时正要离去。在翻看我从许许多多的零碎文字中拼凑而成的这本书时,我始终不安地意识到整本书中都有句潜台词,即一视同仁地告别。某一时,我甚至把地球给结果了,那是想抢在别人之前收拾好太空。对于一个年过五旬的人——我就是——如果他弄准了自己只有大约二十分钟时间可活,我想他当然会觉得有必要把自己的事情该怎样理顺就怎样理顺,摘下未收的水果,储藏起来以备过冬之需,也把他对世界的爱意绑成便于携带的一束,让每个人都能读到。

无论是谁,下笔时所写的都是自己,不管是否自知。这就是一本具有揭示性的书:取材自过去、现在、将来、城市、乡村的随笔,诗歌,短篇小说,意见和报道。我本来也可以给这本书起名为《怪异告白》,不起名也行,可是《从街角数起的第二棵树》听着更不俗,另外,这也是其中一篇的题目(里面的那个人跟神智健全告别)。

编这本书的过程让人清醒,就像已经做到的一样,它揭示出我这个人无法一次坐上几分钟,对持续从事文艺创作需要奉献精神这一点无动于衷，但又不能不写。但是，我写这篇序言并非想自贬，也根本不是想找什么借口。如果收集在此的这些文章就像给狗当早餐的狗食一样①，我会坚持说，这是因为我对狗的理解非同一般，还有我对它们早上会遇到的问题心怀同情。

主要说来，我打算挑选的，是那些并不太依赖于即事即景，或者启发其创作之异象的篇目。有三组文章，读者看到的是原发表于《纽约客》杂志“且记且评”栏目的笔记选，这些当然是用第一人称复数表达的，这种做法在报章杂志上屡见不鲜，也是愚蠢之举。我不知道这种社论式的“我们”源自何处，不过我认为最早使用时，肯定是想表达全体或者某一机构共有的意见，但是很快，负责表达这种意见的个人将基本职责忘到脑后，开始谈论起自己，兜售起个人偏见来，却抱着“我们”不肯放手，因此给别人一种印象，即这种东西是由长得一模一样的双胞胎或者表演翻筋斗的一群人所写。我对此完全无能为力，建议读者也别当回事。

我没有给笔记署上日期，而宁愿信赖读者的颖悟和善意。每次看到哪篇笔记不署日期就不明所以时，我便扔掉了事，就该如此处理，也给自己一个教训。偶尔，读者不巧会遇到某个像希特勒这样年代久远的鬼魂到处游荡，好像还活着，一时会吓一跳。可是我这人不会一心要去迎合读者，不想让他们就像高速公路上的司机那样，做着白日梦读完这本书。这本书中间会有点迂回曲折。小心点吧，记住：你想省下时间，可能耽误的还是你自己。

顺便说一句，书中归到我名下的一些篇章原为《纽约客》上匿

① 作者利用一个英语成语“a dog's breakfast”（指杂乱无章）玩了个文字游戏。

名社论页的一部分，此次发表，并非为了说明那一页是由我负责的。它是由多人撰写，我是撰稿人之一。杂志同意让我使用这些选段，令我感激莫名，因为在什么东西首次发表时为匿名，而后来作者身份被揭露时，公众会对一份杂志的操作得出错误结论，并且会谬赏作者。理论上说，打破匿名是不对的，尽管我对此负有责任，但我还是知错不改地这样做了，也是私心作怪。

收入这本书里的大部分文字，都完全依其最初发表时的原貌。另有几处我做了些许改动。在不少地方，我把“which”改成了“that”，以此纪念 H. W. 罗斯[①]，他很看重这一点。事实上，每次我发现自己违反了他所珍视的这条原则时，就会感觉不自在。在几处，我替换了专有名词，是为了对称或者有变化，或者为了避免让真名实姓的人可能因为跟我水平不济的活计牵涉到一起而感到难堪。

虽然作为旁观者，我尽量不与时代脱节，却总归徒劳。发展、成就会把一个人甩到后面。有人（我想是我）说过，今天的幻想，就是明天的新闻事件。后面的文字会证明此言不虚。未来与现在界限模糊，空间站已不觉新鲜，计算器患上了神经衰弱。从农业部那里，我得知还未对蜜蜂进行人工授精，我据此写了《蜂后之歌》，可是尽管我是在午餐时间写的这首诗，一刻没耽误就交了稿，但是几乎刚刚发表，就有位《生活》杂志的摄影师给我寄来了图片为证，说明蜜蜂已经走过所有当代生物走过的老路。我想对写作者而言，从来没有哪个时代比当今的更为残酷——他们所写的几乎还没离开打字机，时代就让其变得过时。另一方面，人性却十分稳定，几乎丝毫未

① 哈罗德·罗斯（1892—1952），《纽约客》杂志创办人，主编。

变:“现在”一辑中的第一篇写于许多年前,第二次世界大战期间,然而是属于现在的,我重读时,发现时间一直停滞不前。

按说出书是件开心事,但很少如此,它给人一种完成的感觉,却不是满足。我想几乎从定义上说,写作者属于不可能满足的人——正是这一点,让他坚守岗位。我们只可以这么说:我把我的桌子稍稍收拾了一下,就像婚礼上某个正在兴头上的醉汉,大着嗓门抛出几句不合时宜的告别话,却根本不是真的想走。

E. B. W.

第一辑　过去，将来

与天使共度周末

（二战期间发生在某间医院的插曲）

对于波士顿的一个无所事事的人来说，动手术的好处之一，就是有资格在手术前一天晚上就住进医院。简而言之，这让他不再流连街头。我得到命令，须不迟于星期四下午三点去住院部登记入住，尽管到第二天上午八点我才会失去鼻甲骨。这让我得以在舒服的环境下彻底休息十七个钟头，空度了后半个下午，腋下出汗，用盖布擦干湿漉漉的手掌，让我感到惊奇的，是一系列奇怪的事情，让一个人不偏不离地走向一次并无大碍的不幸事件，例如鼻部手术。至于要失去一块鼻甲骨（听上去好像海军有可能在他们的小型巡洋舰上用得着），我根本没感到很遗憾。事实上，人到中年，对自己身上的几乎每一部分，他都会毫不犹豫地交给有关当局。到了我这把年纪，拿掉什么东西正是求之不得。长着中鼻甲骨过了半辈子，除了最斤斤计较的人，谁都会觉得够意思了。

我想医院在剑桥那边，但是又拿不准，因为我开车出去时，情绪很低落，每逢这种时候，我从来不会留意自己去了哪儿。不管怎么样，医院那里很不错，靠近一条水流和缓的小河（十有八九是查尔斯河），正好在我的窗户外面，有一棵漂亮的大橡树。病房很小，我也如此。床是可以摇起来的标准床，配齐了可以抽出来的床单、橡胶垫、呼叫钮等等。我原想着床头应该有一只天鹅，就像公园里的游船那样，不过就算没有天鹅，比起在波士顿临时去找时通常所预期的，这样的住处还要更理想一点。

好像没什么好理由马上就睡觉，我就只是手里拿了本《大西洋月刊》坐在一张踏脚凳上。过了一会儿，有位护士进来。

“我是马尔奎尼小姐。”她通知我说。

“我叫怀特，”我回答道，“我的体温是九十八点六①，脉搏是每分钟七十二次，血压是低压八十，高压一百四，除非我对所做的事情感兴趣时，血压会急升。我来这儿做鼻甲骨切除术。”马尔奎尼小姐过来坐到我旁边，她把听诊器挂到脖子上，拿出一支铅笔和一张空白表格就冲我来了。

“你的职业是什么？”

“作家。”我想了想说。

这位护士露出心知肚明的微笑，一位女士在没有因为男士和他们小小的自负而轻易上当时，就会那样微笑。接下来，她开始详细登记我的衣服和个人物品。关于我的衣物，她好像有点拿不准。“你裤子里面穿的是什么？”她问我，一边沉思着把铅笔在嘴里蘸。

“我想不起来了，”我回答道，“穿衣服好像是很多年前的事，今天早上好像是一百万年以前。”

“嗯，你肯定穿了**什么**。我该怎么写？”

“佩斯利围巾②？”我这样提议。她想一想写下了“内衣”，然后把清单递给我让我签名。之后她为我量了体温、血压和脉搏。我的体温是九十八点六，我的脉搏是每分钟七十二次，我的血压是低压

① 华氏度，相当于37摄氏度。
② 佩斯利为苏格兰西南部的一个自治区，自18世纪早期以来就是一个纺织中心，到19世纪它以生产各色图案的围巾而闻名。

八十，高压一百四。“你还是睡觉吧。”她意味深长地说。马尔奎尼小姐就走了。

躺在床上，我感觉放松而惬意，跟我想像死后会感到的一样。我没躺多久，又来了位护士。她身穿实习生制服，一脸高贵的样子，一个人在干了很多活却无分文报酬时，就会表现得那样——当然，她正是如此。她端详了我一番。

“你的卡片上写着你是个作家，”她开口了，“可是我从来没听说过你。”

“你是专门来念叨我没能混出名吗？”我问。

“不是，我来是给你擦背的。”她关上门，我大度地允许她给我擦背。后来我拿到一份镇静药，混混沌沌地一口气睡将过去。

手术做得不错。从我的病房到手术室的那一趟，我走得很高兴，因为对于一个活动范围被严加限制的人来说，不管怎样出去一趟，都会感到开心。吗啡让我话多起来，我们在走廊上等手术医生赶来时，我和护工旁若无人地猛聊了一通渔具。那间医院里有几位身份很显赫的人做义工，这位护工看着面熟。我不能一口咬定就是，可是我想那是索顿斯托尔州长。这年头，就连在床上，你都永远说不准会碰到谁。几分钟后，看到主刀医生出现在楼里的另一边，有人叫州长继续往里推。他刚把我往通往手术室的门里推了一半，有位护士看到了，不满地咂嘴。“不，不，”她厌烦地说，“那间是做胆囊手术的。”

州长又把我拉出来，我们去另外一间碰运气。我小心地用手捂着腰，想来胆囊在那个位置。好像一切正常。主刀医生很快来了，就开始工作。在我熟练的指引下，就我所知，该切除的他都切除了，不该切除的他都没切除。这次做得很完美，甚至在手术中间，我得知他的父亲和我太太的娘家人有亲戚关系——不是血缘上，而是在波士顿这里，神秘之线将其儿女愉快而且令人满意地缠结在一起。

因为是战时，医院里当然也不轻松。一个平民住进去，占用宝贵的空间，浪费护士、实习护士、护士帮手和灰衣女士①的时间和力气，仅此就让他感到难堪。不过我发现医院里也有种新的活力，就其本身而言，跟以前一样仁慈和决断，但在每一方面，都称得上离谱。病人入院时，会收到一本小册子，提醒他医院里人手不够，要求他别去没必要地麻烦护士。但凡他有一丝良知，就会不折不扣地照做，决心不去按呼叫钮，除非他就要血流尽而死，要么是房间里失火。他在惟形势紧急才算例外这方面走极端，以至于长远来说，跟他在较为放松的情况下相比，他造成的麻烦可能一样多。我下手术台后还不到两个钟头，吗啡的作用还很强，鼻子还在流血，我不知不觉下了床，拄了根撑窗户的杆，就去跟一扇气窗短兵相接了，我喜欢跟敌人交手时荒唐的兴奋感。考虑到我的身体状况，出这种力气远非我所能够，我勉强及时躺回被窝。她们发现我下过床时，走廊上下喧闹一时。

至于日常琐事，大部分都是我自己做的。每天早上，我起床后就开始收拾房间，整理好，做了早上在病房里需要干的十几件事。我先是弯下身子爬到床底，捡起夜里积起来的浸血的纸巾，这些纸巾在垃圾篓周围掉了一圈，令人丧气，是我夜里未能投中目标的结

① 指红十字会的义务女医务人员。

果。然后我把夜里盖的毛毯漂亮地垫好，放进橱柜最下面的抽屉里。我还把床摇起来，橡胶垫折痕压平，垫单掖紧，枕头拍成原状，《大西洋月刊》弄平整，还把菊花换到白天插的花瓶里。烟灰缸也要倒干净，脏毛巾换掉，把暖水瓶从它位于床脚的冷冷坟墓里拖出来。有天早上，就像时不时那样，我突然一心追求整洁而欲罢不能，花了有一个钟头时间趴在地上，把以前某位住客留下的发卡清理干净。这活干着有意思，可是跟所有家务活一样，也能累坏人。

尽管医院里似乎人手紧张，而且无疑也是如此，可是依我来看，有一个部门配员过多，那就是擦背部门。在擦背一事上，显然既无计划，亦无规律——只是在护士有心情而且能抽出几分钟时，往其日常工作中增加的一种服务而已。有天上午十到十二点之间，我的背部给擦了三次，分别由三位仁慈的天使所擦。但是很奇怪的是，我的背部那天上午不需要擦。我起床后像以前一样干了家务活，等到最后样样干好，在十点差一刻爬回到床上后，我的背部血液在奔流，需要的只是自个儿待一阵子。我一声没吭地接受了三次擦背，可是袭击的猛烈程度和频度让我的鼻子出血更厉害了。午饭端来时，我累得吃不下。刚过午饭时间，有位从来没见过的护士——一位大个头、热心肠的女孩——款步走进病房，开始把铺盖剥掉。

"怎么了，护士？"我问。

"我要给你擦背。"她回答道。

"你看，"我一边说，一边虚弱地把床单往里掖。"咱们就让这背呀什么的歇几分钟，你说好吗？"

然而大多数时间，时间一天天、一个钟头一个钟头地过去，一个大活人也看不到。出于爱国的原因，我很少按铃，所以很少有人来看我。有次我洗了个澡，是手术后的第二天。有位护士一大早来了，她一句话没说，猛地把小衣柜门拉开，拿出一个盆子、一条毛巾和一块香皂。

“你能洗澡吗？”她说话干脆。

“近几年我一直能。”我回答道。

她把洗澡用具放到架在床上方的粗糙桌子上，递给我一条毛巾。“脱掉上衣，从上往下洗。然后把裤子卷起来，从下往上洗。”她厉声说道，“别把床弄湿了！”

等到她走得看不见了，我悄悄下床把盆子端走，把水倒掉，进了我和另一个人共用的浴缸，放了一浴缸水，美美地洗了个澡。护士们可真是形式主义者啊。

关于这个特别愉快而且有益于健康的周末，记忆中最经常想起来的，是某个夜班护士奇怪的查房一事。听说她午夜时来上班，七点钟下班。她习惯于早上五点前几分钟进我的病房，当时我尚在安眠药控制之下，她啪的一声打开灯就给我量体温。她进来时，我会艰难万分地坐起身子，在灯光下傻乎乎地眨着眼，张开嘴让又细又直的体温计放到我又厚又卷的舌头下面。这位护士——她的名字以“A”打头，以某种有刺灌木的名字结尾——极为恬静地站在一旁，在量体温所需的漫长的三分钟里，一直安详地俯视着我。她嘴角流露出微微笑意，兼有嘲笑和纵容。新的一天过早开始，就在这个万般难受的时辰，她忠实地履行着她可笑的职责。灯光下，她纹丝不动，沉着冷静，显得既疯狂，又美丽。她似乎——当然不可能——完美无瑕。我在药效控制下的意识徒劳地想把她的相貌归类时，温度计抵着我的舌头，水银柱开始缓慢而费时甚久地向着正常标度爬升。我现在根本想不起来她长得高还是矮，头发是黑色的还是金黄色的，姿色平平还是漂亮，可是在她平静而不合理地关心我的体温这件事上，在那个不合理的时辰，她就是美丽和荒谬的化身，生活便是如此微妙地混合着。我住院的最后一天早晨，我打破了神秘的沉默，以前我们这种仪式一直为沉默所包围。

“大姐，”我总算能咕咕哝哝地说出话来，让温度计无情地跟我的门牙磕碰。“干吗天不亮就把我弄醒，来上演这一出不痛不痒的哑剧？”

她的表情一直没变，不过我字字清晰地听到了她嘴里说的话：“现在正在打仗，老兄。”她说，“我下班前要量二十六个体温，我从你开始量，也没什么鬼理由。”

我露出一丝自豪的微笑，举起右手做了个“V”字手势，就像我在照片上看到丘吉尔所做的。然后药效又控制了我，醒来时，她已经走了。第二天，我也走了。

说起平衡物

《纽约客》编辑阁下：

我注意到贵刊二月四日那期刊登了理查德·洛克里奇所写的一篇文章，关于他充当平衡物的生涯。既然你们在贵刊的前几页为这种可疑的文字开绿灯，我就准备充分利用这一机会。我也有过一个平衡物，如果我能在两千字内想起来的话，就算是给你们省事了。

跟洛克里奇不一样，我没有扮演过平衡物的角色——我获派的角色是在杠杆的另一头。此事发生在很多年前，在西雅图，那是一处边疆的定居点，三十万人生活在雷尼尔山的阴影下。在我所待的那段时间里，这座山从未投下任何阴影，然而随时准备好这样，它想要的，只是不亏不赚而已。我当时也根本没有投下任何阴影，不过我在一家报纸——《时报》——找了份工作，朋友给我介绍的，他肯定是把我吹上了天，因为城市版编辑约翰斯二话没说就要了我，还因为刚开始每星期给我开四十元而道歉。我从未做过称得上为报纸做报道的任何事情，也不相信《时报》会打算一星期给我四十元——想着那是我的朋友和约翰斯联手开的玩笑，然而不是开玩笑，那就是处于狂欢节情绪下的西北部濒太平洋地区的做事风格。

结果证明，我作为记者是百无一用，干了十一个月就被炒掉了，不过是在我跟平衡物有了一次缘分之后的事。

约翰斯很快就意识到用我时，有种独特的麻烦。尽管我时间观念强，又讲条理，但是我不知道“控告”这个词，电话上什么也听不明白。如果那些“特派记者”——他们是这样叫的——只是用自然的方式说话，我完全可以听明白，可是他们全都紧张兮兮的，非要按照“波士顿里的b”、“芝加哥里的c”那种方式，什么都这样拼，拼的时候，我一个单词也听不明白——我得听到这个词本身才行，我想我也有权听到。在电话上听一篇报道时，我会听糊涂，把“波士顿”或者“芝加哥”写下来，慢慢就听不明白了。不管怎么样，约翰斯看出来最保险的，是让我远离电话机和法庭，让我写点专题文章，这样的话，除了打字机上的空格键位置，别的什么都不需要知道。

在西雅图，专题文章根本没有素材匮乏之忧。另外，《时报》习惯刊登关于自己的专题文章，只要有机会，而机会则是每天都有。我从来没见过哪家报纸对自身如此津津乐道——它就像一位中年作家一样，本身就有不少趣闻逸事。在我任职期间，《时报》找到了一个无懈可击的办法，来为自己提供关于报纸本身的专题文章，我觉得真是创意无限。只不过是报纸出版人C. B.布莱森上校向市里捐了一座大型钢制红绿灯，将其竖立在《时报》大楼的前面，挡着每个开车人的路。每天，这座红绿灯都会被一辆小汽车或者卡车撞倒，一位记者(通常是我)就会冲下去，就这次事故写篇专题文章，并提及这座红绿灯是由《时报》的出版人所捐赠。开车人很少受伤，所以允许记者用开玩笑的轻松口吻。

写了这么多，还没让大家读到平衡物，但是对那些想催促一位白发老人的读者，我可根本尊敬不起来。有一天，约翰斯把我叫到他的办公桌前，说他想派我上楼顶，写一篇关于上面的新铁路的小文章。

“怎么回事，约翰斯先生？”我有礼貌地问。

他就跟我解释《时报》楼顶有一段铁路,看门人在上面坐车。

我干笑两声,以此表示我明白他在耍我,后来却发现完全是真的。关于西雅图《时报》的一切全是真的,这才是不可思议呢。《时报》楼顶的确有一小段铁路,看门人的确在上面坐车。

"你自己去坐一次,"约翰斯说,"然后写篇故事,弄篇不错的专题小文章。"

当年,我对一切都感到害怕,现在还是。身处西部,离雷尼尔山这么近,可是从来没有看到过它,这让我感到害怕。为一家报纸工作,咋咋呼呼地专注于这座城市丑恶的一面,这让我感到害怕。我在市里的非露天地方看到的脸孔,无人接听的电话响了又响,另外我也需要在这个世界上努力往上爬,这些都让我害怕。事实上,那位城市版编辑是我所遇到过的最和气、说话最温婉的人之一,他帮过我一次,至今仍让我感念。有一天,我写一篇文章时卡了壳,最后就像一个年轻人走投无路时那样,我把问题拿给他,尽管去麻烦他好像有点厚脸皮。有一件事,我该怎样表达?(我忘了是什么,不过我无疑是想把一桩二级重罪的错综复杂情节写进一篇不朽的文章。)我请教他这个难题怎么解决。

他考虑了一分钟,然后说:"该怎么说就怎么说。"

我一直记着这句话。这是个精到的建议,我现在还在努力该怎么说就怎么说——要命,今天上午我就写了多么大的一堆啊!真是奇怪了,一个平衡物就能让我写到如此之长

嗯,关于那段铁路……

约翰斯跟我说过,《时报》是美国惟一一家楼顶有铁路的报纸,可是那没什么,因为你可以提到关于《时报》的几乎任何事,在美国

都会是独一无二的。比如说,有这么一位摄影记者,他高速驾驶一辆三排座旅行车到处去,一边向怀了孩子的女士说些鼓励的话,我肯定别的不会有哪家报纸会聘请这样的摄影记者,可是《时报》就有。此人有趣之极。他到哪儿都人称马蒂——可是他不叫这个名字——很多圈子的人都知道他。我经常坐马蒂的车去采访(《时报》的摄影记者配车,他们除了为记者提供道义及图片上的支持,还提供交通服务)。马蒂的富兰克林车是他的至爱,开车时,总是又嚷又叫、跳高跳低。除非他自己弄出很大动静,否则他不会觉得在赶路。他是个精力极其旺盛的人,说话带了点伯特·拉尔[①]式的粗声粗气的味道,还有点伦敦土音。他会把车往一群行人那边开,吓得他们四散奔跑,他还嘴里不干不净的,然后转过身狂笑半天。

"哦嗬,惠特尼,好小子,好小子。"他会粗声粗气地说,然后侧过身抓住我膝盖往上一点的地方,捏得能疼死人。我会一下子跳起来,让我的帽子撞到车顶变了形,马蒂则高兴地大叫,身子一起一伏的。

他热爱孕妇——我是说他真的对孕妇有种偏好。"我真爱她们!"他会嚷着说,"天哪,我真爱她们!"我想是新生命即将出现唤起了他的豪情——有个宝宝快出生了,他感到高兴,莫名其妙地欣喜若狂。他总是能看出哪位女士是有喜了,会把他的富兰克林车靠边插过去,大声喊道:"哦嗬,妈妈,哦嗬,亲爱的,这就是积福啊,这可真是积福啊!"然后他猛踩油门,车上的弹簧划了个完整的椭圆,我们的车子歪着开走。我常常会想到,今天西雅图的公民中有一小

① 伯特·拉尔(1895—1967),美国演员,曾演出电影《绿野仙踪》里胆小的狮子。

群人，现在正是成年后年富力强之时，他们还在娘胎时，就被人如此快活地带着赞赏之情欢呼过。

对，我对被派去写楼顶的铁路这件事，根本没怎么吃惊。

但是，当看门人陪着我走上楼顶，我跟写作对象面对面时，还是吓了一跳。我没料到会看到不怀好意铺就的一段铁路。说实话，我本想着会看到一段**玩具**铁路还是怎么样——一位出版人的玩具，也许是窄轨，上面有一台小小的蒸汽机车和两节可爱的小车厢。然而我看到的，是个丑陋的玩意儿，显然是由精灵们用偷来的东西悄悄建造的。沿着楼顶的周边，是一圈生锈的单轨铁路，没有好好校正过，而且固定得不紧。伸出屋顶边缘悬在空中的，是一个座舱或者笼子，由一截颜色暗淡的金属臂撑着，金属臂的样子就像冰钳的半边，能往外，也能往下摆。在这个跷跷板的另一端起平衡作用的，是一根平衡杆。当然，车轮搁在铁路上，作为支点——可以活动的支点。此时，座舱在跷跷板的高处，平衡物在低处。

“这他妈的是怎么回事？”我不高兴地问。

看门人解释说《时报》大厦的顶檐下方有一溜电灯，修建这段铁路，是让人们可以接近这些电灯，以便在哪个灯泡坏掉时，能够换新的。“你看，你钻进那个座舱后，它就摆下去，把你往下送到灯泡旁边。”这就是典型的西北部濒太平洋地区风格：坏了个灯泡，先驱者的应对之策是修一段铁路。

我知道该我进座舱了。

“有什么东西能防止座舱因为我的重量而太往下了？”我抽空问道。

“当然有。”看门人亲切地说，“这个平衡块。”他用手指着绑在平衡杆上的一个混凝土小块。我看着平衡块,这次我知道我给耍了,它就像在流行小帽子的年份里女士的帽盒般大小。

“什么,那个小玩意儿?”我泄气地问。

“没错,”他回答道,“那可是实心的混凝土。”

“是什么让它这么小?”我问,“烟抽得太多?”我有心无力地想要保持这家报纸的传统,即冒险地生活,内心微笑,嘴里还开着玩笑。

“哎,看着不大,可是重。”他说,“另外,我推着你转的时候,也会压着这根杆。”

“你是说除了平衡块,你还得往下压着?”

“嗯,那得看情况,”他说,“你多重?”

“一百四十五磅。”我马上给自己加了点身高后,这样回答他。

“噢,一百四十五磅能行,没问题。”他说,“去吧,钻进去。我让你好好坐一次。”他抓紧平衡杆,准备好了。

我最后看了一眼平衡块,我站在那里时,它好像又缩小了。我抓着伸向外面的那截金属臂,小心翼翼地迈出屋顶,进了座舱。看门人用了力,我感到座舱下降,然后又稍稍上升,然后再下降,直到在我和看门人以及平衡块之间慢慢地大致平衡。想到在我难受之余,很快还要再动,往前动,我犯了恶心。但是从某种意义上说,我又高兴起来:当时我真正想要的,是有机会为一位城市版编辑而死,机会就在眼前,只是掉下五层楼这样容易。

“还好吧?”看门人问。

“还好。”我回答道,“开始吧。”

我感觉座舱晃晃悠悠地往前去了,也听到车轮在铁轨上辗过。

我能感觉到看门人在用力。用力吧,亲爱的看门人。我纳闷他为人怎么样,这个作用关键的陌生人。

灯泡擦着我右耳一一掠过。下面,在张着大口的街上,是《时报》的红绿灯,坚定地等待着下一次正面撞击。(这次是从上面,我想。)我往东看了一眼喀斯喀特山脉,可爱的山脉,我曾经以它来指引我的T型车向西寻找边疆。座舱一上一下地慢慢前进,到了楼角,拐过去,车轮边吱吱嘎嘎地响着。我又往西看了一眼奥林匹克山脉,巍峨庄严,最后的一带,等待被征服的最后边疆。

“几点了?”我随随便便地问,想以此向看门人表明我是个彻头彻尾的记者。这几个字刚刚往上传过楼顶的边缘,我就意识到十足的看门人做法,会是松开平衡杆,把表掏出来。“算了!”我急忙喊道,“算了!我刚刚看到一座钟。”

我们这一程是个三角形,因为《时报》大厦以纽约的《时报》大厦为蓝本,只有三边。我尽职尽责地坐完了全程,历时四分钟左右,我想。好像还要久一点,因为座舱很轻,像鸟一样,一会儿往上一点点,一会儿往下一点点——这段细如蛛丝的铁路,虚无缥缈的路基啊。我能凭我胃里的感觉判断出看门人何时在认认真真地用力,何时他只是凭着惯性让它滑行。

“怎么样?”我谢天谢地回到楼顶后,他问我。

“不错。”我若无其事地说,“设计得了不起。我知道该怎么写文章了,没问题。”

他和我都没想到,过了这么多年我才来写这篇文章,但生活就是这样,不是吗,洛克里奇?

——E. B. W.

一个美国男孩的下午

十几岁时,我在弗农山①住过,跟J·潘内尔·托马斯在同一街区,他长大后,当上了众议院非美活动调查委员会②主席。我家位于萨米特街与东悉尼街的拐角处,是萨米特街一零一号,潘内尔家在我家北边,隔四五家,在街的同一侧,以前的住户姓迪芬多夫。

潘内尔不是我的玩伴,因为他比我大几岁,但在他去火车站或从那里回来路过我家时,我经常跟他打招呼。他是个长相英俊的小伙子,非常文静而且腼腆。看到他,我会喊一声"你好,潘内尔!"他则会微笑着说"你好,埃尔文!"并继续往前走。我记得有次我穿着溜冰鞋从我家院子里冲出来,在潘内尔面前卖弄地来了个溜冰场上的那种转向。他说:"嗬!你可真是个高手啊,对不对?"我现在还记得他的话。让年龄比我大的人称赞,我心里快活,就顺着石板铺的人行道飞快地溜走了,一路避开我一清二楚的裂隙。

当时,潘内尔之所以在我眼里如此不同一般,并非因为他英俊的长相和友好的举止,而是因为他的妹妹。她叫艾琳,跟我同龄,是个文静好看的女孩。她从未来过我家院子里玩,我也从未去过她家院子里玩。考虑到住得那么近,我们俩不相往来到了不正常的程度。然而,她是我看中的女孩,我对她情有独钟。作为我情有独钟的对象,在这个女孩一方,实际上无任何参与,而是仅仅意味着她一刻不停处于被监视之下。在我自己这方面,意味着在走过她家的房子时,因为窘迫、惊怕,还有心知自己进入一个魔力区域,会被一种匪夷所思的崩溃感所折磨。

在女孩这方面，我跟同龄的大多数男孩都不一样。我很向往女孩，可她们吓住了我。凡是女孩想让她们的男伴具有的独特才能或本领——跳舞，踢球，人前露一手，吸烟以及闲聊等等——我觉得我一概没有，这些事我一样也干不好，也很少尝试过。相反，我死守着自己的拿手本领：身子朝后坐在自行车把上骑，胡诌诗歌，在钢琴上弹《阿依达》选曲，冬天时，在林间谷地里结冰的池塘上玩冰球时守门。但是在女孩子眼里，所有这些把戏都算不得什么。在弗农山中学的四年里，我从来没去学校舞会跳过舞，也从来没带过女孩去杂货店喝汽水，或者去西切斯特娱乐房玩，或者去看电影。这些事我也想做，可是没胆量。不过，我最后确实做到的——也是这篇回忆文章要写的——却要脸皮厚得多，也排场得多。这件事展示了一个少年的勇气及笨拙，每次想起，总能让我惊异，现在我根本无法肯定地说这件事不具有非美性质。

我的羞怯和落伍让我姐姐很恼火，差不多在我这篇文章写及的那个时期，她开始努了很大力想把我激励起来。她确信我在社交上止步不前，还发现我成了她自己活跃的社交生活上的累赘。她总设法派给我女孩，但又总让我推回去。她一有机会，就会打开留声机并抓住我，我们会在客厅里艰难地跳一步舞，趺趺撞撞。她像生死

---

① 在美国纽约州西南部，毗邻纽约市。
② 该委员会于 1937 年成立，1945 年成为美国国会众议院常设机构，主要职能为调查非美（un-American）活动及颠覆活动，中后期以反共防左为任务；1969 年改名为国内安全委员会，1975 年撤销。潘内尔·托马斯曾于 1947—1948 年任该委员会主席，从他上任开始，该委员会对好莱坞电影业展开调查，把超过 320 位电影界人士列入黑名单进行迫害。

搏斗般抓紧我,最后我用更大的力气挣脱并甩开她。我是个长得精瘦的小孩,可是我的肌肉结实,要想让我长时间保持舞蹈姿势,那个女孩得是个大力士才行。

有一天,什么样的机缘巧合我已忘记,我姐姐成功地让我参加了一次她和别人在纽约的下午约会。当时对我来说,纽约是个大部分未经探究的奇境。以前,我跟父亲一起去看过几次赛马,看过哈得逊—富尔顿庆祝会①,还有几次日场演出。但对我来说,只知道纽约是个花天酒地的所在,其他方面尚属未知。我姐姐听说过广场酒店的茶舞会②,她和一个女友、另外一个小伙子还有我去尝试过一次。我想到那次远征在她那方面,安排上有蹊跷。我在这伙人中年龄最小,是被哄骗进去的,我想像那是为了让我在那次活动中,起到让男女人数对等的作用,要么可能是我妈妈完全禁止我姐姐去,除非有个家里人跟着。我之所以去,是出于让人数对等还是得体考虑,真的记不起来,但是我去了。

那场面让我开了眼。不管跳舞的想法有多么令人厌恶,那里的布置却让我惊诧不已。桌子摆放得让人可以坐得很靠近舞池,以至于几乎就在舞池里。你可以点肉桂味烤面包片,安安稳稳地坐在椅子上,就可以观察紧紧搂抱着舞动的男男女女。音乐在演奏,你吃你的烤面包片,舞者跟你的距离那么近,以至于在他们舞动着经过时,几乎要扫掉桌子上的东西。我被打动了。管他跳不跳舞,这是上层社会生活自不待言,我也知道,我正在看着跟弗农山各方面生

---

① 该次庆祝会于1909年9至10月在纽约市举行,是为纪念1609年亨利·哈得逊探索哈得逊河和1807年罗伯特·富尔顿在哈得逊河的汽船首航两事。
② 指在午后茶会时举行的舞会。

活相距十万八千里的一幕情景，在那之前，我从未见过类似情景。那天下午，肯定有一点酵素开始在我心里起作用了。

虽然现在对我来说似乎难以置信，然而我有了想法：请潘内尔的妹妹艾琳陪我去参加一次广场酒店茶舞会。作为向无与伦比的大千世界的一次远征，这一计划在我脑子里成形，有意要让甚至最倦于享乐的女孩也目瞪口呆。我不会跳舞这一事实肯定是个严重的不利因素，但是没严重到能够阻止我。回首此事时，我难以相信自己的记忆，有时我怀疑整桩事情实际上是否只是逐步演变成实事的一场梦而已。一个有点理性的男孩在想跟“情有独钟”的女孩更加熟络些时，都会为自己选择更慎重些的任务来入手——约好一起喝汽水或者去看电影——合理限度内的某一样事。我却没有。带艾琳去广场酒店这一念头开始让我执迷，而不是去什么破旧杂货店。我已经知道了广场酒店的方位，仅仅知道怎么去那里，就给了我信心。我已经学会了肉桂味烤面包片的吃法，所以觉得侍者过来我能够应付他。为了度过那一天，我也大大寄希望于环境的华丽辉煌和活动的极度复杂性，我是那样想的。

我花了三天时间，才鼓起勇气打电话。同时，我把每方面都至为详细地研究了个遍。我有了笔够用的钱以壮底气，查看了列车车次，全面检查了服装并选了我相信能过这关的一套。然后，某天晚上六点钟，我父母下楼吃晚饭后，我在楼上磨蹭，接着就钻进我的卧室外面的大壁橱，壁挂式电话在里边。我在里面站了几分钟，浑身打颤，手放在听筒上，它颠倒着挂在听筒钩上。（在我们家，听筒总是颠倒挂着，大头朝上。）

我已经演习过第一和第二句。我计划说：“喂，请问我可以跟艾琳讲话吗?”她来听电话时,我计划说:“喂,艾琳,我是埃尔文·怀特。”那句往下,我琢磨我能临时发挥。

最后,我拿起听筒并报上号码。正像我猜的,是艾琳的妈妈接的电话。

“请问我可以跟艾琳讲话吗?”我问道,声音又小又不安。

“等会儿。”她妈妈说,然后她又想了一下问道,“请问是哪位呀?”

“埃尔文。”

她从电话边走开了,过了好大一阵子才听到艾琳的声音:“喂,埃尔文。”这让我的第二句话说得不通,但我仍坚持一字不改地说了出来。

“喂,艾琳,我是埃尔文·怀特。”我说。

我根本一会儿也没等,就向她提出了建议。她好像愣住了,要我等一分钟,我想她是去跟她妈妈悄悄商量。到最后她说好,她愿意跟我去广场酒店跳茶会舞。我说很好,那我会在星期四下午三点一刻打电话给她,要么说不准是哪天下午——我忘了。

我现在不了解,不用说当时也不了解,艾琳那天下午在精神和身体上受到了怎样的折磨。但是到头来,那件事成了一次无心为之的非美活动,得由我独自负责。它完全按计划进行:步履庄重地走到火车站;不苟言笑地乘车,其间我们腼腆地盯着前方的座位;从中央大火车站艰难地穿过四十二街到第五大街,行人夹着我们走或者插到我们中间;乘公共汽车去五十九街;然后是广场酒店本身,还有肉桂味烤面包片,还有音乐,还有兴奋感。那次活动的惊心动魄肯定震撼了我的头脑,让我记性失灵,因为我只有极为模糊的记忆,只

再到动物园

或以《奥利·海克斯泰夫的生与死》为题

1. 野牛场

在这儿停一下，我的灵魂，在这儿停一下，儿子啊，这是我的灵魂，

这儿站着的，是最后一个水坑边完美的野牛。

这儿葬身在有感觉的褐色外衣里永远沉睡的

是悬浮的地球生殖的需要。

长满毛的头垂着，满怀仇恨的小眼睛望向低处；

以粪便生火的平原已成灰尘，小路干燥。

站在这儿的是被关起来的公牛，精神已垮，

欲望已在黄昏的美国野牛。

站在这儿的是公牛我自己，孤孤单单，欲望汹涌，

对虽生犹死习以为常，满贮精子无所作为；

在这停一下吧，我自己，我的灵魂，儿子啊，在这道上面结壳的围栏上……

别去啃那道脏围栏！

2. 生命之初时上午已尽，放学回家

现在是十二点十五。

十二点十四。

十二点十三。

十二点十二。

钟马上就要响了。

“下课,”她会说,“下课了。

孩子们,你们去洗手间时,

　　请

　　　别

　　　　推搡!”

现在是十二点十二,十二点十二,

可她还是就短除法说个不停

(粉笔在吱吱嘎嘎响,教鞭在动)

除数

被除数

和商。

　　(除数和商的乘积

　　应该等于被除数。)

时间到!

帽檐是遮阳板,啪的一声翻上去,再翻下来,

帽檐是遮阳板……啪的一声翻上去,再翻下来。

(一步步,经过一面又一面旗子,躲开路缝,

一个又一个街区,小孩子奥利一路经过

九月初的静谧街道，经过一道又一道树篱和院子
经过蓝色绣球花忧郁地摇曳、葡萄在藤架上变紫的地方
他弯着腰飞奔：

家是庇护所
回家吃午饭
家是港口。）
　　（肯尼·惠普尔说海龟下蛋。）

在树篱和院子旁边弯着腰飞奔。
我等不及了。
我得走。

他们下不下蛋？
下的话，怎么下？
　　（因为会在哪儿？
　　即使……）

为什么肯尼这样一个大一点的孩子
讲兔子的故事时会大笑？
他干吗在兔舍那边晃悠
那里在发生什么事你该知道——
公兔把母兔怎么样了，
什么悲伤的事，知道了又很糟糕？

（每个人都必须知道。）

我等不及了。

我得走。

沿着树篱、院子、门阶、车道：

贝尔克纳普家。

甘特家。

伊梅尔曼家。

再有五幢房子、五道树篱、五道……

他们绝不可能。

他们下蛋还是不下？

下的话，怎么下？

因为会从哪儿？

即使。

家是庇护所。

家是吃午饭的地方。

3. 在海边

这是我的小崽，老板，这是我的内人，
有没有房间让害怕海的我们住？
我是再生的小孩，这就是我。
给我们一个房间，有衣柜大的地方来成长。

　　“领海克斯泰夫先生去319房！”

敲门，小伙子，让她跳着舞进去！
注意床，椅子，椅子，床！
过来闻闻衣柜抽屉的气味！
我像你这么小的时候，在这儿待过一阵子。

打开抽屉，脱掉你的东西脱掉
　　你的大衣穿上你的运动鞋解开
　　肩带打开行李挂起你的大衣！
　水池里放点水
　我要你把手洗干净！
　　（干吗？当年我的手不干净吗？）

坐在这儿，把运动鞋穿上！
（我对这种闷热的情形何其熟悉
梦幻般的夏天凶相毕露

残酷的凶相

这一幕悲伤场景已经写得太多

夏天肆虐

仰晒太阳背贴沙地

我对这些悲恸的街道何其熟悉

草地女贞树和玫瑰

海湾和风怎样吹拂

潮落潮升

皮肤带盐空气灼人

梳掉的头皮屑头发里的沙

哦风吹的情景哦沙丘哦锦葵……)

　　宽敞的舞厅是跳舞的理想地方

他的名字叫再生

他们简称他“再”。

　“319 退房。

　让人来拿行李好吗？”

4. 剑

“给我做把剑！”

(男人孤单生活，仗着剑。)

“干吗用？　[**你是说为了战争，有争议的战争？**]

　你去地窖把那根棍子拿来。”

“做鞘？”

“不，做剑。”

“你得截下一段，固定好，
　弄平一个地方，好让我手握。”

　“剑柄？”

“弄平好握，棱角磨圆。”

　“这根棍上都是灰。找块布。别在这儿
　擦灰，会把房间都弄脏，拿出去
　擦灰，别用那块新布，会糟蹋了
　　那块布。”

“锯呢？”
　“抓住，抓住一头。”
　　（第一下，锯齿割到了拇指边。就在
　　这会儿，好伙伴，去把世界刺穿吧。抓住
　　那头，我锯下一段。就在这会儿，
　　还根本没开刃呢，去把敌人刺穿，
　　千万别受伤。“拿稳，别瞎玩。”）

（男人孤独生活，仗着剑，
少年独自做梦，把佩剑当作权利，
在石头上把刃砍钝；
短暂的夜里梦不再来。
男人被缴械，依然孤独。）

脚别湿水
别着凉
讲点礼貌跟赫克杜姆先生握握手
娶个好姑娘
付清你的账单
看看那双手
别去啃那道脏围栏

5. 爱之梦

到了夜晚，老树林安静之时，
杂草横生的池塘最先感到冬天的寒意。
（夜晚给我安静，让寒冷
把冬天的池塘封实在！）

安静，池塘，别再荡漾！

年轻时才会到来，仅有一次，
这爱的梦想，这花朵般的光芒

臻于完美,无以复加

　　(现在年轻人给我安静,让梦想

　　把忠诚的心灵封实在!)

安静,池塘,别再荡漾!

6. 医院

草长长时就是死亡之时。

你以前不知道吗,护士?

死亡是吹拂我们财产的一阵风

吹起十四对米色窗帘,

商品目录上的第四十八项。

(弯下腰,图书管理员,尝尝那一页!)

这是印出来的单子——常青藤堂的尾页。

一号卧室的内容,留下来

　　等待锤子落下

五条夏天用的毯子,三条单层毯子——

　　哦记忆里玩沙玩具的夏天

　　(铁皮做的)星星

　　(铁皮做的)鱼

　　(质量最好的铁皮制做的)新月——

弯下腰,图书管理员,尝尝那一页,

我要退掉319房。

死亡是吹拂财产的一阵风。

欢迎来到动物园，亲爱的，
爬行动物馆，毒蛇吐着信子
都带着渴望盘在一起，令人憎恶，
它自身长而多鳞的褶皱里
安着无睑的黑眼珠。
别去啃那道又旧又脏的围栏，护士！
草长长时就是死亡之时，
　　我小时候草地便是摇篮，
　　草地就是我曾经当作爱人的床。
　　首先得到知识就得自于
　　智慧之田里的三叶草。
　　我瘦削时草便是食粮，
　　草里的暖意是给孤独者的赠礼；
　　草叶的排列只是因为我而打断
　　想要通过也觉麻烦。
　　这次最后的拥抱中我需要的是草地
　　　　（草长长时就是死亡之时）
　　我的血液给正在干枯的草根饮用，
　　种子的力量在我的脸庞周围。

别拿着刀子跑
离镰刀远些离锯远些
身子探出窗外时要保持
　　重心低，一直在里面。

低而且在里面，是吗，播音员？
弯下腰，图书管理员，
这一页是我，轻轻地卡住位置，
　　（注意：此处座位
　　仅供……）
至于见尔克纳普家，甘特家。他们下
　　蛋还是不下？
博斯，这是他的名字。在牛栏里。
弯下腰。
保持重心低，护士，一直在里面。

　　“特尼戴德医生！布里斯医生！
　　特尼戴德医生！布里斯医生！”

别了，我的心爱！

（一位年老男性吻别旧情，约在 1936 年）①

我在西尔斯·罗巴克公司新的一期邮购商品目录上看到，如今还能买到 1909 年款福特 T 型车用的车轴，但是我没有上当。辉煌岁月已经渐去渐远，末路在望。这期商品目录上，T 型车的零配件只有一页。然而谁都记得鼎盛之时，福特车小配件栏目的内容比男士服装的还要多，几乎赶上了家庭用品。最后一辆 T 型车生产于 1927 年，这种汽车正逐渐淡出学者们所谓的美国场景——学者们这样说，是轻描淡写了，因为在伴随其长大的几百万人眼里，福特老车实际上**就是**美国场景。

它是上帝创造的奇迹，这种事情显然不可能再度出现。它在机械方面不可思议，跟之前问世的全无相似之处，层出不穷的产业也随之兴衰。作为交通工具，它不辞辛劳，平凡无奇，英勇无畏；经常地，它似乎把诸项品质也传染到了乘车人身上。因为其带来的欢腾的、无可追寻的兴奋感，我们这代人视它为"青春"的化身。在它隐入雾霭之前，我想以并非啜泣的一声叹息向其致敬，并随意写下几条，在形式上，多少不像西尔斯·罗巴克公司的商品目录那样烦琐。

和所有其他类型的小汽车相比，T 型车的优异之处在于这一事实：它的传动系统被称为行星系统——这个词半是玄玄乎乎，半是纯粹异想天开。在其做圆周运动这一意义上，工程师们接受了"行星系统"这个词，但是我总感觉它也意味着"漫游"和"不稳定"。因为这种行星因素独具特点，在T型车身上，发动机和车轮之间，总是一定程度上有着隐隐约约的友好关系，这种车即使正处于所谓空挡的情况下，也会蠢蠢欲动，颤抖着想往前拱。皮带也无时不在暗暗怂恿机器往前开。在这方面，它就像是一匹衔着嚼子的马，农村的人会看出这跟他们使用耕地、拉车的牲畜时，用的是同样方法。

它最出色的性能在于其加速能力。状态最佳时，T型车比路上的任何东西都加速更快，道理却不复杂。加速时，你只需要把右手的中指钩住转向轴的一根柄用力往下拉，左脚猛踩低速踏板。这些动作简单而积极，汽车的反应是轰的一声往前冲去。这番混乱持续几秒钟，你松开脚踏板，把油门稍微调大，随着连续几下让人不舒服的颤动，只有两挡往前速度的这辆车就猛然冲上高速度，去风风光光地跑这一趟了。在能够疾驰而去这一点上，当时的任何一款车都无法与其相比。那时候（现在依然如此），人的脚松开离合器时，根本做不到像把T型车开到高速度那样恣意而为。松开离合器是个迟疑而消极的动作，取决于微妙的神经控制，踩下福特车的踏板则是个简单而有乡野气的动作——是豪爽之举，跟踢开一扇旧门一样自然。

T型车的司机开车犹如登上王位。这种车的顶篷撑起来时，总高七英尺。司机坐在油箱上，以自己的躯体来护卫它。要用汽油时，他和前排座位上的东西都得挪走，座位掀起，金属盖拧开，用一根木棍探进去测量油箱里的液体。在这种廉价车破旧的坐垫下方，

---

① 此篇原以李·斯特劳特·怀特的笔名发表在《纽约客》上，灵感得自于《基督教科学箴言报》的理查德·L. 斯特劳特先生交来的一篇稿子。斯特劳特先生这位合作者脾气好，爽快地同意我将此文收入本集。1936年，本篇曾以《告别T型车》为书名，由G. P. 帕特南之子公司以一本小小的单行本出版。——原注

总有一两根这种测深棍磕来碰去的。当时，加油更应该说是种社交活动，因为司机得放下架子，不管他愿不愿意。司机正前方就是挡风玻璃——直上直下地高高竖立，没人提到空气阻力，四缸发动机推动汽车穿过空气，完全无视物理定律。

T型车有这么一个特点：买主从来不认为他所买的是完整的成品。你买下一辆福特车时，会想着你有了个着手点——一个活力四射、精神十足的框架，能够用螺丝钉加上几乎种类无限的装饰及功能性硬件。从车行那里开走，双膝夹着方向盘之时，你心里已经完全在操心怎样表现出创造性了。如同婴儿，福特车也是赤条条落地，为了改正其少见的不足，并与其吸引人的病症做斗争，一个生机勃勃的产业因此出现并壮大。那是多此一举行为的黄金时代。最近，我翻看了几期旧的西尔斯·罗巴克公司的商品目录，过去的一切都如现眼前。

首先，你购买装在车尾的红宝石色安全反光板，后面的车打灯时，它也会发光。然后你投资三毛九分钱购买安在散热器上的“车翼”，这是种流行饰物，能让机器有点像是飞马，令车主感觉犹如神祇。皮带导向器九分钱一个，可以防止皮带滑脱皮带轮。

你购买一种散热器用粘合胶来防漏，这是人人必备的，如同药柜里肯定有阿司匹林药片一样。你购买消除震颤的特种油、仪表盘夹灯、补胎用具、用螺栓固定在踏板上的工具箱、遮阳板、用以保持轴挺直的转向轴支架，另有一套盛汽油、机油和水的应急壶——三个薄薄的圆盘形罐子，在重要的长途出行时，放在踏板上的箱子里——红色装汽油，灰色装水，绿色装机油。这才刚开头呢。等到这辆车快满一岁时，就要采取措施来阻止它令人担心地变得不可收拾。（T型车身上全是肿瘤，不过都是良性的。）一套咔嗒声消除器（九角八分钱）是流行的万能药，可以挂在油杆和火花杆上，挂到刹车拉杆上，挂到转向杆连接处上。把黑色橡胶做的引擎罩消声块放在振动的引擎罩上。减震器和缓冲器能带来"完全的松弛"。有人购买橡胶踏板垫，安装在标准的金属踏板上（我记得我不喜欢用）。生性狐疑或者好斗的人会买一面后视镜，可是大多数T型车的车主并不担心会有什么从后面冲上来，因为他们在前面很快就会将其甩得没影。他们开车时绷着身子，心情愉快。福特车主中，还有一些桀骜不驯的小团体，人数不少，他们使用一种脚动加速器（你可以买一个，用螺丝钉固定到车厢底板上），可是这些人身上有股疯狂劲头，因为T型车就其本身而言，就有三个脚踏板以供踩踏，很多时候，在完成常规任务时两只脚都用上，此时要想让发动机加速，就只能使用手动油门。

配件又滋生出配件。车主不仅购买现成的配件，他们还发明配件以满足特别需求。我自己把我那辆开出车行后，直接去了铁匠铺，让铁匠在左侧踏板上安装了两个很大的铁支架，用来放两个军用行李箱。

拥有非敞篷车型的人改装时，走的是不同的路子：他们购买拉开车门的球形把手、避免车窗发出咔嗒声的消除器和豪华防溅雕花花瓶。感情细腻的人使用一种唐娜·李牌子的汽车香熏——那是种能渗出气味的花瓶，西尔斯公司声称，保证能让车内充满"淡淡的薰衣草清香"。当时，敞篷车和非敞篷车的价格差额并不像如今这样悬殊：花上11.95元，西尔斯·罗巴克公司就能把你的敞篷车改装成轿车，开走时焕然一新。旧型福特车一个不错的特点，就是没有保险杠，一年年下来，车上的挡泥板软化变形，能让司机在狭窄的地方挤进挤出。

轮胎的规格为 30×3½，价钱约为 12 美元，轮胎扎破是常事。每个人都携带一套吉飞牌补胎工具，包括一把锉肉豆蔻用的锉刀，涂胶水之前，要先把内胎锉毛。每个人都会补胎，补胎是意料中事，而且的确也不得不补过。

我跟 T 型车结缘的那段时期，电子打火器作为配件没流行起来，不仅贵，大家也信不过。你的汽车一到手，就配有一根耐用的摇把，首先就要学会怎样把车发动起来。这是种特殊的本领，学会之前（一般是从另一位福特车主那里学会，但有时候是经过一段时间，练习无数次之后才学会），说你在摇起一面遮阳篷也差不离。诀窍在于关掉打火钮，去到这头牲畜的头部那儿，扯一下阻风门（是穿过散热器支楞着的一小段电线），把摇把随随便便地往上摇两三下。然后你吹着口哨，一副心不在焉的样子，懒懒散散地走到驾驶座，打开点火，然后回到摇把那儿，这一次，摇到下方时也用上力气，让它冲劲很大地飞速转过去。如能照此而行，发动机几乎总是会有反应——一开始是零落的几声爆响，然后是一阵枪炮齐发的声音，要想让它停下来，你冲到驾驶位关小油门。经常会有的是，如果紧急刹车没有完全拉到后面，这辆车会在第一声爆响时向你冲来，你会用身体的重量顶着它。我现在还能感觉到我的老福特车在马路边往前拱，像是来我口袋里找苹果。

天寒地冻时，平时的摇把发动法就不可能奏效，除非你是巨人。油变稠了，需要用千斤顶把后轮顶起来，出于某种行星式的原因，这样会让油易于流动。

关于福特车的知识和传说无穷无尽。车主们对什么都有自己的一套理论,说起都会遇到的那些麻烦,就像老太太讨论关节炎一样头头是道、足智多谋。准确的知识相当少见,到头来经常也会发现还不如迷信管用。往油箱里扔一粒卫生球是流行的妙着,似乎对人和机器都有提神作用。可以形成准确知识的根据并无多少,福特车的司机都是盲目驾驶,他不知道自己的发动机温度、车速、油量或者油压(旧型福特车能够自动润滑,靠的是种听着易懂的“泼溅系统”)。买速度表要花钱,而且跟雨刮器一样,属多余之物。早期型号的仪表盘上除了打火钥匙别无他物。后来的型号变得有女人气,装了电流表,随着车身振动,指针就会令人担心地颤动。仪表盘下方有个线圈盒,装有震动器,可以让你调校或者自以为调校。无论司机对自己的汽车了解到什么,都不会得自仪表,而是通过突变情况。我记得点火定时器就是关键部件之一,关于它有很多理论。在检查过别的一切之后,你“瞧一眼”定时器。这是种极为古怪的小部件,构造简单,运作神秘。它包括由弹簧撑着的一根滚轴,盒子里面有四个触点,很多人相信滚轴就是顶住这些触点来滚动的。有很多次,福特车出毛病时,我把定时器拆开过,可是我从来不是很明白我在干吗——我不过是在上帝面前卖弄本领而已。几乎有多少种定时器,就有多少种思路派别。哪儿不对劲时,有的人咬紧牙关,拿把扳手利索地敲一下定时器,另外有人把它拆开吹一吹。有一派认为需要给定时器上很多油,他们经常通过浸油来修理它。还有一派,认准了就该让它像根骨头一样干绷绷的,不需要加油,这些人总是把它取下来擦拭。我记得有一次我往定时器里吐过口水,不是生气,而是出于一种研究精神。你瞧,T 型车的司机进入玄学境界,认为可以对自己的汽车施巫术。

福特车的解剖学之所以从未形成一种精确的科学,是因为"修好"之后,车主不能问心无愧地声称是方法对头才治好的。有很多已经证实的例子,说明是福特车自己修好了自己——经过短暂休息后,自然而然地恢复健康。农民们很快就发现了这跟他们有关力畜的哲学相当吻合:"让她歇会儿,她就又会生猛起来。"

福特车主念念不忘的是主轴承。因为位于发动机的前端,这个轴承总是最容易坏掉,因为车在爬坡时机油不到位。(反正别人总是这么跟我说。)机油总是会流回去,让主轴承干得就像捡蛤时的浅滩;你得像老鹰一样盯着这个轴承。它就像是虚弱的心脏——你听到它开始发出磕碰的声音,就应该停下来让车歇一下。尽管你努力让供油正常,一号轴承却仍然总会坏掉。"我眼睁睁地看着主轴承坏掉了,只能换一套。"你会聪明地这样说,你的同伴总是能谈很多关于怎样保护和宠爱主轴承,好不让它断气。

在几百万个开福特车、采用自己匪夷所思疗法的业余巫医中间,还散落着为数不算太多的神通广大的技工,他们修起这种车来,真的是得心应手,这种专业人士会出现在做梦都想不到的地点。有一次,在华盛顿州的哥伦比亚河岸边,我正想把我的 T 型车顺着一道陡峭的斜坡开上渡轮甲板时,听到我的 T 型车后驱动脱落了。什么东西啪的响了一下,这辆车往后滑进了泥沼。我看是没救了,可是渡轮的船长看着那堆不再神气的残体开了口:

"怎么了?"他问。

“我想是后驱动的问题。”我没精打采地回答道。船长靠在护栏上盯着看，接着，我看到他眼神里有种如饥似渴的样子，让他显得异于常人。

“我跟你说，”他尽量掩饰着急切之情，随随便便地说，“我们把这个狗娘养的拖到船上，趁我们在河上来回，我帮你修。”

我们也正是这样做了，那一整天里，我在帕斯科和肯尼威克两镇之间来来往往，而船老大（他以前在一间福特车修车行里干过）指导给我的车接骨，活干得很了不起。

T 型车鼎盛时期之初，那是个狂乱的季节，拥有一辆汽车仍然是件很让人兴奋的事，当时的路上风景无限，路面情况糟糕。福特车系列显然是在疯狂状态下设计出来的：任何一辆能够从向前变为倒车，机械上却察觉不到有所中断的汽车，都必定极大地挑战了人类的想像力。小伙子们经常把车开下大路，开上平整的牧场撒欢，好像他们在跟女孩子胡闹。几乎每个人使用倒车踏板都像使用平常的脚刹一样频繁——这样能让皮带都受力，全部磨损均匀。这是个大窍门，让每根皮带都磨损均匀，好让最后震颤时一颤都颤，整套皮带都急待更换。

当时的白天是金灿灿的，夜晚昏暗而且怪异。如今，我仍会激动不已地回想起夜间在隆隆车声中的一次次关键时刻，当时我开向一块路标，加大油门，让车灯亮得能看清上面的目的地。自那以后，我再也没有真正漫游过。我想到该说再见的时候了。别了，我的心爱！

体育运动的衰落

（一篇荒谬的寓言）

进入超音速时代之后的第三个十年，体育运动越来越吸引了全国上下的注意力。赛马场，棒球场，拳击台，橄榄球场，吸引的观众数量都在稳步增长。每次举行比赛时，上座率都会刷新。一般情况下，别的纪录也会刷新，例如在联赛中的左撇子击球手连续二垒安打纪录，诸如此类。纪录就像大风天气时的苹果一样往下掉。习惯和礼节也改变了，每周五天办公日减到四天，然后是三天，好让每个人都能记住比分。

体育运动不只是高速发展，而且它让观众的胃口越来越大，谁都不会满足于同一时间只参与一项赛事，好在有神奇的收音机和电视，谁都不必这样。一位耶鲁大学1962级的校友跟另外197 000人一起回到博尔体育场，看耶鲁大学对康奈尔大学的比赛，他会带上袖珍收音机来收听扬基体育场的消息。这样，尽管他的眼睛可能看到了康奈尔大学一方二十二码线处的一次漏接球，他的耳朵却听到七十英里外的一个人第五节一开场就到了二垒。博尔体育场高高的蓝天上，以飞机喷烟写字的人正在书写其他重要及次要的体育赛事比分，用的是百事可乐公司的工程师使之完美的高清晰粉红色烟，没完没了地编织胜利及失败的记录。从正好位于球门柱后方的巨形电视屏上，还是这一位校友，能够看到在贝尔蒙特的创纪录的349 872位观众眼前，“沮丧队”赢了“未来队”，那些观众中每个人都调到了耶鲁博尔体育场的现场，从电视屏上看世界棒球联赛的那场比赛，并在天空上寻找更多要么正在进行，要么刚刚结束的赛事消息。这种大型体育全景画带来的影响，是分散了观众的注意力，过于稀释了他的投入之情，让他的热情变得麻木。随着超音速时代的第四个十年被引领入座，情况变化了，体育运动开始走向衰落。

促成体育运动衰落的因素很多。橄榄球比赛的换人名额增加，使得在美国，极少有球迷能在比赛中间记住运动员。每次比赛都会派上两套完全不同的十一人阵容，上半场你总算熟悉了的名字和脸庞很少会再次看到或者听说，出场情况就像上下班时中央大火车站的大批人流一样，少有重复。

通往体育场馆的高速公路已经变得很宽，如此畅通无阻，除了汽车和树，如此生气全无，这让体育迷养成了习惯，不管路途多么遥远，都要去看比赛。一般的车速逐渐提高到每小时九十五英里，车距减少到十五英尺，这给体育运动爱好者神经系统的压力非同小可，他星期六看了场比赛回来后目光呆滞，精疲力竭。他根本没得到真正的放松，也没有看到第三节时切利卡（他把特罗斯基换下场）传球给博其奥（他把巴佳罗换下场），因为当时，有个名叫拉华盖托的年轻人被派上场替补阿特·格莱克击球，这是在第九节的末段，第二节时，他跑垒成功，扳平比分。用飞机喷烟写字的人正想写“普林斯顿0-拉法耶特43”，斜飞时飞错了，弄模糊了“3”字，分散了大家的注意力，都没注意到拉华盖托被三振出局这一事实。

当然，喝彩也不能再刺激运动员，因为喝彩未必跟眼前情景有关，而很可能是为了发生在别处的什么事而喝彩。这一点足以激怒状态最稳定的演员。一位橄榄球明星还没有拦截到球，就听到看台上一阵扰攘,他会意识到这些人的心思没放在他身上,会泄了气,变得脾气暴躁。两三位大牌教练对此担心得甚至考虑给每个运动员都配备耳塞,好让他们在比赛时,也能随时收听到别的比赛消息,可是这个主意被放弃了,因为不实际,几位教练把它放进备忘档案,以后再提。

我认为标志着体育运动中的转折点,从此它就走了下坡路的,是在 1975 年米德伊斯特恩市的著名的传统"灰碗"比赛中,东部预备队的出色的右边锋埃德·皮斯塔乔被一位观众开枪打死一事。这个开枪的人在一个寒冷的十月下午,坐在看台上很靠下的位置,靠近四十码线,他对体育运动如此痴迷,由于它带来的失望,让此人当时显然已经神经错乱。比赛还剩下一分十五秒时,比分仍是平局,东部预备队的四分卫一个长传球,越过军方队的头顶,到了皮斯塔乔张开的怀抱里。他附近别的球员一个也没有,皮斯塔乔要做的,只用抱住球跑过那条线就行,可是他把球弄掉了。就在此时,一位观众——一个名叫霍尔默·T. 帕金森的人,家住俄亥俄州托莱多市埃德基米尔道 35 号——在体育运动方面,已经遭受了三次重大打击。他为其投了五百元赌注的马"打嗝"在皮姆利科正冲出起跑门栅时摔倒了,摔断了腿(在电视屏上清清楚楚地看到);世界职业棒球联赛的决赛中(帕金森调到了这场比赛的转播),他最喜欢的游击手①"幸运儿"弗里姆斯蒂奇三振出局,让三个人在垒上白等一场;达默州长足球队——帕金森的小儿子在里面当守门员——3 比 4 输给了肯特队,比赛结果记录在头顶的天空上。不待有人阻

① 指棒球场上二垒和三垒之间的位置。

止，帕金森就抽出一把枪打死了皮斯塔乔，当着954 000人的面，这是在现场看橄榄球赛人数最多的一次，在七月以外的任何一个月中任何体育赛事的现场观众人数中，为第二多。

我想，这一惨剧本身并不会导致体育运动衰落，但是它连锁反应，引起了其他悲剧，累加后果极其严重。几乎刚开了枪，就有一位用飞机喷烟写字的人听到了新闻插播，他往下瞄，想能不能看到下边出的事，这样做时，没能看到另外一个用飞机喷烟写字的人冲过来。两架飞机撞在一起，机翅卡在一起往下掉，扯了一道让人看不明白的烟迹，有观众想把它理解为最新体育比赛的比分。飞机坠落在附近东向的从太平洋岸通到大西洋岸的阳光大道上，一位开着一辆单排座敞篷小汽车的驾车人士为了避开而遭到追尾，后来一辆接一辆撞上来的汽车达到1 482辆，这在往东方向的公路上是一项新纪录。此次高速公路事故中，死亡人数超过三千，包括两位飞行员。体育场内发生恐慌时，另外造成872人伤亡。灾难的消息很快传到别的比赛场地，人们想出去买份报纸查看死者名单时，再次出现恐慌。这天下午因为体育运动造成的死亡总数为20 003人，是项新纪录。关于这件事，谁都无法拿出什么给别人看，除了米德尔斯特恩市的一个小孩子，他在冒着烟的飞机残骸旁边待着，拿一个牛奶瓶装了些空中新闻烟雾，带回家当作纪念。

从那天起，体育运动就衰退了。星期六下午漫长而且没有赛事，体育场在沉睡。甚至大道也无人使用，因为驾车人士重新发现了弯弯曲曲的老路的魅力，这些老路穿过城镇的主要街道，经过谷仓空场，路上塞车不严重，空气又清新。

放松时刻

那人带着那台机器进来时，我们大都停下喝酒抬眼观看，因为从来没见过类似的东西。那人把它放到靠近啤酒泵的柜台上面，占了老大一块地方，你可以看出，这件又大又丑的玩意儿放在那儿，酒保根本不是很高兴。

“两份黑麦威士忌加水。”那人说。

酒保继续跟刚才一样兑制古典鸡尾酒，不过显然他在心里掂量这个要求。

“你想要两倍的一份吗？”过了一会儿他说。

“不，”那人说，“请来两份黑麦威士忌加水。”他直直地盯着酒保，不能准确地说是不友好，但是话说回来，也不能肯定地说就是友好。

酒保为吧客服务多年，让他早就学会了看人说话，然而他不乐意对这个人也这样，他也不喜欢那台机器——这点可以肯定。他拿起闲放在收银机旁边的一根点着的雪茄，抽了一口，又沉思着放回原处。然后他倒了两份黑麦威士忌，接了两杯水，都推到那人的面前。大家都在看。在酒吧里，每当有什么稍稍脱离常规的事情发生，这种感觉很快就会扩散开来，并把顾客们拢到一起。

那人成了焦点，却好像浑然不觉。他把一张五块钱的钞票放到柜台上，然后喝掉一杯黑麦威士忌，紧接着灌了口水。他拿起另外一杯黑麦威士忌，打开了机器上的一个小口（好像是个油罐），把威士忌倒进去，然后又倒水进去。

酒保冷眼旁观。“没意思。”他不为所动地说，“对了，你的同伴占地方太大，你干吗不把它放到门旁边那张椅子上，好给这儿腾腾地方。”

“这儿每个人的地方都够大的了。”那人回答道。

“我没觉得好玩。”酒保说，“按我说的，把那个破玩意儿放到门边。没人会碰它。”

那人笑了。“你应该看看它今天下午的样子。”他说，“精彩极了。今天是锦标赛的第三天，想想看吧——连续动了三天脑子！而且对抗的，都是全国的顶尖高手。比赛一开始，它就取得了优势，接下来的两个钟头里，它出色地利用优势，最后把对方的国王逼到了角上，突然吃了一个马，然后把对方的一个象变成坏象，就全结束了。你知道下了三天棋，它总共赢了多少钱吗？”

“多少？”酒保问。

“五千。”那人问，“现在它想放松一下，想稍微喝醉一下。”

酒保心不在焉地用毛巾擦着几个湿地方。“把它带到别的地方，去那儿喝醉！”他口气坚决地说，“我的烦心事够多了。”

那人摇摇头笑了。“不，我们喜欢在这儿。”他指着空杯。“再倒上，好吗，拜托？”

酒保慢慢地摇摇头。他好像感到头晕，却不肯松口。“你把那玩意儿挪开，”他命令道，“我不给搞笑的家伙加酒。”

“‘搞笑的家伙’，”那台机器说，“正确的说法是‘搞笑的家伙’。”

吧台上隔着几英寸的地方，一位正在喝第三杯酒的顾客似乎准备加入谈话,他一直很专心地听着。他是个中年人,领带往下拉得不再箍着领子,他也解了纽扣,松开了领子。他的第三杯酒快喝完了,酒劲让他倾向支持处于劣势并且想喝酒的一方。

“要是这台机器想再喝一杯,就再给它倒酒吧。”他对酒保说,“咱们就别争了。”

带机器来的那人向他新找到的朋友转过身,郑重其事地把手举到太阳穴边向他敬了个礼,是感激,也是表示友好。他的下句话是跟这位新朋友说的,好像有意要刺一刺酒保。

“你知道脑子累坏了是什么感觉,有多么想喝一杯,你知道吗?”

“当然知道,”这位朋友说,“这是世界上再自然不过的事。”

整个酒吧里起了点骚动,有的像是站在酒保这边,其余则站在机器一伙那边。站在我身旁的一个闷闷不乐的高个子说:

“再来杯酸味威士忌,”他说,“少放点柠檬汁。”

“苦味酸,”那台机器不高兴地说,“这种地方不用柠檬汁。”

“够了!”酒保拍着吧台说,“你赶紧把那玩意儿搬走,要么给我滚蛋。我没心情,跟你说。我还要开酒吧,我不想听一个人工脑还是你带来的什么破玩意儿乱说话。”

那人对此最后通牒置若罔闻。他跟他的朋友说话,后者的酒杯这时空了。

“还不单单是下了三天棋之后累瘫了,”他友好地说,“它想喝酒还有个原因,你知道吗?”

“不知道,”这位朋友说,“是什么?”

“它作弊了。”那人说。

听到这句话，机器嘿嘿笑了两声。它的一只手臂稍稍下垂了一点，仪表盘上有个灯亮了。

这位朋友皱起眉头，看样子好像他的尊严受到了损害，像是自己信错了人。“谁都没法下棋作弊，”他说，“不可能。下棋时，一切都是正大光明的，在棋盘上。象棋比赛的本质，就是不可能有作弊这种事。”

“以前我也这么想，”那人说，“但是有办法。”

“嗯，我可根本没觉得吃惊，”酒保插了句嘴，“我第一眼看到那个破玩意儿，就看穿了它是个骗子。”

“两份黑麦威士忌加水。”那人说。

“你不可以点威士忌，”酒保说，他瞪着那台人工脑说，“你怎么知道它还没喝醉呢？”

“简单，问它点什么吧。”

顾客们都扭过身子往镜子里看。我们这时都深深卷进了这件事。我们等着，轮到酒保出招了。

“问它什么？比如说呢？”酒保说。

“什么都行。选两个大数，让它把两个数相乘。你真要喝醉了，就没法把两个大数相乘，对吧？”

那台机器轻轻晃了晃，像是内部在做准备。

“一万零八百六十二乘以九十九。”酒保用心不良地说。我们都看出来他用两个九来增加难度。

那台机器上灯光闪烁，有一根管子里发出嘶嘶声，一只手臂猛地换了位置。

“一百零七万五千三百三十八。”那台机器说。

整个酒吧里无人举杯,大家只是面色凝重地望着镜子,我们中间有几位在看自己的脸,还有几位看了机器又看那人,看了那人又看机器。

最后,一位数学不错的年轻顾客拿出一张纸和一杆铅笔到一边了。"它算出来了,"算了几分钟后他汇报道,"你不能说机器喝醉了!"

大家这时都盯着酒保。他不情愿地倒了两份黑麦威士忌,接了两杯水。那人喝了他那份酒,然后把机器的那份喂给它。机器上的灯光变得黯淡,一根爱动的手臂垂了下来。

有一阵子,酒吧里闷声不响,就像在一艘风平浪静时航行的船上。我们每个人都好像在借酒精之助,尽量理解这一场景。好几个酒杯又加了酒。我们大多数都求助于镜子——能做的仅限于此。

松开领子的那一位出了气。他步伐僵硬地走过去,站到那人和机器中间。他一只胳膊搂着那人,一只胳膊搂着那台机器。"我们别在这儿待了,去个好地方吧。"他说。

那台机器上的灯稍微闪了闪,这时像是有点醉了。

"好吧。"那人说,"我看挺好。我的车子停在外面。"

他结了账,还留了小费。他不出声地,也有点动作不稳地把那台机器夹在胳膊下面,他和他当天晚上结识的朋友走出门口,到了街上。

酒保死死地盯着看,然后又接着干他并不繁重的店里活了。"这么说他的车子停在外面,"他挖苦劲儿十足地说,"真是不赖啊!"

吧台一头靠近门口的一位顾客放下酒走到窗前,拨开窗帘往外看。他看了一会儿,然后又回到原来的吧台位子跟酒保说:“比你想的还要棒,”他说,“是辆凯迪拉克呢。对了,他们三个,你猜是谁开车?”

肇事当天上午

我的目的，是趁记忆尚清晰时，记下对当天上午的几点印象，当时我正在一架跟空间站保持无线电联系的飞机上。一言以概之，本来是为了军事上的便利，却突然变成对人类的大屠杀。对我来说，解释很简单，因为像别的几百万人一样，当时我正在听那两个人的对话，情况急转直下时，我马上就意识到了。那一部分是清楚的，不清楚的是我自己怎么会幸存下来，不过我现在对此也越来越明白了。但是我不会让读者受累看我的解释，因为那些事实既乏味，又似乎不合情理。我现在居住在位于地球轨道内侧、距太阳很远的一颗行星上，周围的人态度友好，我的身体很健康，精神也不错。即使从一颗行星搬到了另外一颗，也未能让我解脱玩笔杆之人所受的噬咬于心的诅咒——即觉得必须为自己的时代留下某种记录。

那件事发生在中午前不久。当天早上八点一刻，我从位于东哈丁大道的家里走出来，手里甩着报纸，感觉良好。三月里的这天暖洋洋的，俨然如春天，在经过这段糟糕的天气之后，暖和劲儿和气味都让人心生快意。大道上一阵微风吹来，让我心里欢欣，风就那么吹拂着。门牌220号前面，有个戴着皮帽子的人正在往一辆小货车上装一张弹簧床垫。我记得我路过时，用舌头在嘴里的上腭处搅动，想把一块李子皮弄掉。（这些细节无关紧要，干吗要记下来？）

离家几个街区的地方有个接送飞机站，我匆忙赶过去，坐上了八点十分的飞机，很快就升空了。我一直讨厌刚吃过早餐就坐喷气式飞机升空，但这是我的工作中不舒服的一面。升到一万英尺高度，我们的小飞机跟大飞船连接，我们这些乘客就转移过去，大飞船就往上飞到五万英尺高，电视飞机在那个高度飞行。我是某个节目的撰稿人，我的工作时间按说是每天八小时。

我大概得解释一下在我所写的当时，即地球的末期，电视是通过在平流层兜圈子的飞机来广播的，这样就淘汰了同轴电缆，后一种转播形式曾经麻烦不断。同轴电缆有一阵子挺管用，但最后还是被放弃了，主要是因为蠼螋所造成的极大破坏。这种昆虫对杀虫剂的耐药性令人担忧，多数时候处于失控状态。蠼螋的个头变大，数量增加，尾腹的钳子变得能夹穿铁皮。它们似乎对同轴电缆情有独钟，我不晓得这跟电缆所传输的信号有无关系，可是这些昆虫吃这种电缆，而且积极性特别高。它们不只是大嚼电缆，而且还在里面产卵，数量极多。虫卵孵化时，电视图像受到严重干扰，屏幕上越来越闪烁，观众的眼睛疲劳，神经紧张，情况越来越严重，当然又引起了总体趣味以及精神生活进一步下滑。最后不再使用同轴电缆了，经过西屋和格伦·马丁两间公司的人员反复试验，找到了令人满意的替代办法，即利用在高空飞行的飞机，几架分散在全国的这种飞机就出色地完成了整个电视工作。它们被称为平流电视飞机，配了演播室，很多节目在空中完成制作，直接播放，另外的节目从地面站发射至飞行器，然后转播。这些飞机每天二十四小时不间断飞行，在空中加油，每隔八小时下降至一万英尺高度跟接送飞机会合，接来下一班工作人员。

我记得当天上午我走向平流飞船里我的办公桌时，九点钟新闻刚刚结束，正在播出一个名为《有请作家！》的节目——嘉宾为梅洛妮·巴布森,这位女士就安乐死写了本畅销书——节目名称为《身体的安宁》,由一家汗垫公司赞助。

我记得有位年轻的医生跟我们一道上了飞机。他是新来的,名叫卡斯卡特,被派去当随船医生。他在接送飞机上向我做了自我介绍,问我什么时候接受的3D注射,并记在他的本子上。(我很快就会解释这种注射。)这位医生跟我们真的是相处得很短暂,他刚刚被引见了一圈,并被领去他的办公室,我们的控制室就收到一个无线电话,询问地球方位点F+6上空的平流层上有无医生,要求去事故现场提供医疗协助。

F+6点几乎就在我们正下方,所以卡斯卡特医生觉得他义不容辞,我们的控制人员就回了话,询问详情及有何指示。好像是F+6点上方发生了一起低空碰撞事故,两架小飞机相撞,三人丧生。一架飞机是架尿布机,属于一个负责空运尿布的部门,该部门用直升机把尿布运到农村。另一架是大家熟悉的国有的农药喷洒机,这种飞机低空飞过庄稼地、商品蔬菜园和商品果园,浓浓地喷洒剧毒的3D溶液——这种杀虫剂给农业带来了巨大变化,消灭了自然界中的蜜蜂,为我们带来完美至出乎想像的水果和蔬菜,然而毒性极强。

两架飞机卡在一起,坠落到一个美洲鹤保护区的观察塔上,把尿布散落在方圆半英里范围内,3D溶液也淌了出来。卡斯卡特找到他的急救箱,套上降落伞,又专门调整了压力计,准备跳伞。因为他知道自己要耽搁一段时间才能回来,就问演播室里有没有人该接受3D注射了,结果发现是比尔·福莱。医生就让福莱一起去,跟他解释说他可以在下落过程中给他注射。比尔故作痛苦状看了我一眼,开始套上装备。这时肯定是九点六七分的样子。

我竟然觉得有必要解释一下3D注射,好像挺奇怪。如今这种注射属于常事——跟牙膏是人们生活中的一部分一样。这种注射的正确名称是“解3D”,可是人们很快就把名称简化了,它只不过是每个人隔二十一天定期接受的一种注射,作用是解除食物中的致命毒性。这种注射最突出的一点,是二十一天间隔极其重要,就算错过3D注射只有几小时,就有可能导致严重后果,甚至死亡。报纸上,几乎每天都有关于未能按时注射而导致的几起死亡事故。整个说来,这有点类似糖尿病中的胰岛素控制法。你不难想像为了避免让大家死于中毒,美国的医生们因此要做多少工作。

卡斯卡特医生和比尔要从跳伞出口离开飞机时,我短暂地专心听我们当天请来的作家巴布森小姐讲话。

她在说:“很荣幸今天早上能和电视观众见面,并且面对这么一群出色的批评家,包括与我意见相左的老拍档:《先驱论坛报》的拉尔夫·阿姆斯特朗。我想阿姆斯特朗把我收拾完之后,我自己就会是个安乐死的很好的候选人,哈哈。可是说真的,女士们,先生们,我觉得一本好书本身,就能抵挡批评。”

这位女作家已经进入一种得意洋洋的状态。我知道她的书——她真的觉得这是本了不起的书——是她的代理人午餐时候提议她写的,而且大部分另外请人重写过,代理人请那人来挽救这本书,最后的成品是罐头式垃圾书,在销量上,把第二名轻而易举远远抛在后面。

巴布森小姐继续往下说,她的洋洋得意之外,又添了几分可爱。“我听说过我的小说之所以被批评,是因为安乐死这个主题太大胆了，甚至是反天主教的。嗯，我记得早在黑暗时代时，有很多现在被认为是普普通通的事，当时却被认为是大胆或者荒唐的。我自己的父亲，就记得以前奶牛居然以自然方式繁殖的时候。当时的农民觉得我们了不起的实验站开发出来的人工繁殖计划，是目空一切的胡扯八道。嗯，我们现在都知道在乳业方面已经有了什么变化，我们最好的奶牛有很多每天二十四小时产奶，源源不断地流出来。的确，这些奶牛得用特殊的支柱撑起来，固定在一个位置，还要输液，可我总是说吵吵嚷嚷不顶用，关键是乳脂。我怀疑就连这位阿姆斯特朗先生也不愿回到以前的日子，当时一头奶牛只能挤一桶奶，然后就休息了。”

我厌倦了文字生活，走过去往窗外看，接近一堆堆积云处，能看到两个降落伞。借助望远镜，我能看到比尔勇敢地想把他的降落伞往医生那边靠，还能看到卡斯卡特在摸索着找针管。我们的抓拍摄影师在另一面窗户前，正在为下一次新闻报道拍摄，因为在3D注射的世界里，有人在跳伞时接受注射，这还是件新鲜事。

我们的节目十一点五分播出之前，我还有些杂事要处理。这个节目名为《高空镇民大会》，是个未经排练的节目，不过按说我要简单指导一下嘉宾，散发准备好的剧本，解释怎样提示，总的说来，是让大家都开心。我们那天上午准备播出的节目事先做过很多广告，到处都对这一节目极感兴趣，主要原因不在于话题（“害怕被报复能否阻止侵略？”），甚至也不是出场人物——其中包括阿蒂默斯·T·雷科伊尔少将——而是因为我们准备推出的一个临时增加的噱头。我们已经安排好用无线电接通空间站，这玩意儿由军方在六百英里上空成功建成,位于不受重力束缚的太空。军方在对火箭试验多年后,不仅建成了空间站,而且用宇宙飞船把两个人送到了那里,此外还配备了大量新式武器。

整个文明世界都读到过这项成就,它向着有利于我们的方向,大大改变了力量平衡,大家都意识到那个讨厌的空间站在自己的轨道上漫游,距离地球不胜遥远,不受重力束缚。一夜之间,美国的每个小孩子都变成了天体物理学家,头头是道地谈论起排气速度、增效曲线和开普勒椭圆。就连地铁司机也知道空间站上的两个人所呼吸的氧气,是由他们带去的大南瓜秧制造出来的。《读者文摘》凑热闹翻译并缩写了几篇有关火箭和宇宙飞行的论文,包括著名的《宇宙飞行之路》。然而时至今日,出于安全规定和技术方面的困难,从未进行过电视转播。最后我们得到了华盛顿方面的批准,雷科伊尔将军同意采访空间站上的军官,这是《高空镇民大会》节目的一个环节。此事非同小可——能够直接听到来自制止侵略空间站(相当普遍地被称为SPCA)的声音。

我自己也为之激动,可是我记得当天上午在飞机上,我一直感到不满,想着我不是个平流层电视工作人员就好了。在空中,经常会有这样的日子。这架飞机载着奇怪的货物,播放着低劣节目,会突然之间,似乎跟我所喜欢的大千世界极为遥远。物理意义上,我们从来没有飞得太远,这架飞机总是绕着直径约十英里的固定圆圈飞行,我离我自己位于东哈丁大街的家从不遥远。我想的话,可以通过无线电话跟安和孩子们通话。

在很多方面,我的工作都不错。周薪两百五十元,其中两百一十元扣下不发。我应该很满意了。政府以社会福利方式几乎提供了一切——医疗，住院，子女教育，事故保险，火灾和盗窃保险，年老退休金，3D注射，休假费用，休闲娱乐，福利费，圣诞节及平时礼金，失业补助，日常必需品及其他供应品，饮料及特殊补助，保姆费——一切都包括了。任何一个小心管理零花钱的人都应该过得不成问题，我想我应该快快乐乐的。安从来没有抱怨得太厉害，只是有一样：她发现无论我们怎样勤俭节约、精打细算，却总是买不起鲜花。有一天，在她为了家务上的烦心事而有点焦躁时，她尖叫着说："该死，我宁愿过得有上顿没下顿，也想要有一打小苍兰！"这好像让她心烦意乱。

不管怎么样，这一天对我来说，就是在空中叫人压抑的那种日子。这架飞机在航线上不偏不离，这一点让我恼火。我们所飞的圈子，像是哪儿也去不了的单调旅行，发动机发出的噪音（我们以亚音速飞行）是一成不变的轰鸣。通常我注意不到发动机，但是今天这艘飞船时刻在我耳边响着，让我想到了放射治疗舱，庸俗的奇迹——这正是电视的本质——还一直带来显而易见的影响，让我焦躁不安。

跟雷科伊尔将军一起上《高空镇民大会》节目的，还有"创意主妇之子"妇女辅助会的主席弗洛伦斯·吉尔太太、联合国经济及代扣委员会主任艾默利·巴克斯顿，和一位名叫托利普的年轻人，他代表的是一个影响不大的小团体，此团体鼓吹世界大同。我把这几位才智之人请到接待室，跟他们解释了程序，给将军倒了一杯酒（他好像想喝），然后赶出去听十点钟新闻，也去抽根烟。

我看到皮特·埃弗哈特在控制室里，他一副疲惫不堪的样子。"今天上午真够忙的，大叔。"他说。皮特不仅得确保九点钟节目信号清晰（梅洛妮·巴布森讲话时，想让她的声音无远弗届），还得跟空间站上的两位军官保持联络，怕的是轮到他们上节目时，却跟他们断了线。另外，他觉得礼貌起见，还有义务跟下方的卡斯卡特医生保持联系，他还要接收偶发新闻，以便在接下来的新闻时间播报。

我坐下来点了一根烟。不一会儿，这天请来的女作家结束了讲话，新闻开始了，埃德·彼得森那张神情紧张的大脸出现在屏幕上，一条条报来。埃德天生就是当新闻播音员的料：他有着代表命运的声音。他播放新闻时，让人听得进去。每一事件好像不单很有意义，而且很埃德。他说“我预测……”时，你会觉得他通向上帝的管道畅通无阻。

就我记忆所及，在那个可怕的上午，十点钟新闻是这样播报的：

（播音员）“早上好。埃德·彼特森新闻节目是由泰普凯牌添加荷尔蒙牙线赞助播出的。”

（埃德）“快讯！几分钟前，F+6地球方位点，一架政府的农药喷洒机跟尿布机公司的一架直升机相撞，导致三人丧生，两人重伤。两位飞行员都弹射出来，此时，他们正由从平流电视飞机，也就是我此时讲话所在的地方用降落伞派去的一位医生治疗。农药喷洒机撞到一个美洲鹤保护区的观察塔，释放出致命的3D毒雾，三位看守人当场丧生，他们当时正懒洋洋地坐在那儿看美洲鹤的爱之舞。尿布散落在很大的一片区域，结果在赫伯特·L·卡斯卡特医生为受伤的飞行员罗伊·T·布里斯和霍默·施耐克包扎伤口时，这些消过毒的用品显得十分宝贵。[*这时放了一段纪录片，播放卡斯卡特在用尿布给其中一个遇险者包扎头部。*]你们现在看到的，就是灾难现场。”埃德单调而低沉地说，“婴儿尿布扮演了急救绷带的角色，这在电视历史上是第一次。这又是美国电话电视公司的独家新闻！

“华盛顿！一个参议院委员会掌握了新的事实，将开始调查谁应为珍珠港事件负责。

“芝加哥！卫生部的两位成员今天被除名，因为他们拒绝宣誓效忠。两人均为‘新扫帚’的成员，在司法部长的四十万个颠覆性组织名单上，该组织名列其中。

“好莱坞！一个男孩在罗斯科·皮尤斯医院出生。收看本频道，十一点钟新闻时间，将有此次剖腹产的特写镜头！

“纽约！快讯！普利策奖社论写作奖项授予《纽约时报》的弗里德里克·A·米尔德利，获奖篇目为怀旧性质的《老手压井把》。

“快讯！对大西洋共同体的捐款现在已经略微超过七千亿美元。感谢大家出色的奉献——我发自肺腑地这样说。

“纽约！在是否允许希腊运动员参加明年的奥运会这一难题上，安理会仍陷入僵局。在昨天的激烈辩论中，俄罗斯代表争论说希腊运动员参加奥运会将对世界和平造成威胁。辩论主要都是为了确定这是程序性还是实体性的问题。

“快讯！尽管有与此相反的传言，但与制止侵略空间站——即千百万听众所知的SPCA上的两位美国军官无线联系已经绝对开通。再过一个小时多一点点，电视观众就可以听到他们的声音。你们**不会**看到他们的脸。不要换台！女士们，先生们，这是历史——从地球上首次听到不受重力束缚的人的声音。在深受欢迎的《高空镇民大会》节目中，将由阿蒂默斯·T·雷科伊尔少将采访两位航天员。

“我预测：由于SPCA和军方的太空行动，整个人类命运进程都会顿然改变，长期以来的和平梦想正在成为现实。”

埃德播报完毕，进入了他的广告环节，包括用牙线弄出卡在牙缝里的一块牛肉软骨。

我拧灭香烟，回到了我的小房间。在和我们的演播室相邻的另一间里，正在播出《蜜蜂》节目，我暂时停下脚步观看。《蜜蜂》是由拉里交叉授粉公司赞助的节目，目标观众主要为大果园主和种植园主——要么更应该说是那些人的太太。这是个没完没了的悬疑谋杀案之类的节目，里面有个名叫“蜜蜂”的角色，总是戴着一个绿色头罩，上面有两根长长的黑色触角。我站在飞机的过道上，隔着玻璃墙往演播室里看，我能看到“蜜蜂”正要掐死一个身穿漂亮睡衣的红头发女孩。这是美国的授粉时间，是常备节目，也是满足家庭主妇梦想的节目。拉里·克罗斯公司规模极其庞大，我想他们负责全国超过百分之八十地区的授粉工作。我前面已经说过，由于大量使用化学品，蜜蜂已经绝种，当然一开始，给农业带来了严重的问题，因为有广大的地区得不到自然授粉。拉里·克罗斯公司应运而生，他们的口号是“我们深爱大自然”，生意做得很红火，全国各地都有分公司。花开季节，受过高度训练的人去野外工作，以手扇风，手工为一切授粉——工作量极大而且辛苦之至。在美国只有合成蜂蜜——是矿物油和木瓜汁的混合物，安对其深恶痛绝。

走到我工作的那间演播室时，我发现大家都准备好热身了。街头公告员身穿旧式戏装，把钟反过来拎着钟锤站在那儿，化妆师正在给他化妆。S. O. M.①的代表吉尔太太坐在那里不屑地看着年轻

① 即前面提到的“创意主妇之子”。

的托利普。我很想知道她会怎样严辞抨击，早些时候我翻看过她的台词。她的最后一段话中提了个建议，即凡是鼓吹修改联合国宪章的人，都应该自动被褫夺公民权，台词写道"这些用意良好却误入歧途的人有着叛国性的乌托邦计划，既然他们如此急于取得世界公民权，我说给他们来点痛快的吧——让我们剥夺他们已经拥有的公民权，看看他们感觉怎么样。作为一位'创意主妇之子'的直系后代，我厌恶这种世界大同的疯狂观念，也听够了，它危险地接近于彻头彻尾的叛国。在国内，我们要做的事情已够多了，不用……"

就这样说下去。在我的想像中，我已经能够听到主持人恭敬而不偏不倚的声音说："谢谢您，弗洛伦斯·吉尔太太。"

十一点五分，公告员摇响了他的铃档。"听好啦！看好啦！今天召开镇民大会！听听双方的发言，想好自己的主意！"接着主持人乔治·卡希尔宣布节目开始。

我扫了一眼托利普，看样子好像他的胃里涨满了气体。随着节目的进行，我自己的胃里也开始胀气，早餐后的几个小时内经常这样。那天上午的《高空镇民大会》节目开头几分钟是什么，我几乎全忘记了。我记得那位联合国的人先发言，然后是吉尔太太，然后是托利普(他脸色难看极了)。最后主持人介绍了雷科伊尔将军，威士忌的稳定之效让他胃里很舒服，他说起话来声音很大，慢吞吞地，带着自信，他不时转过身居高临下地看着另外三个人。

"我们军方的人，"将军开口说道，"对这些大胆而精彩的问题不会假装知道答案是什么。了解侵略是否会发生，这完全不是军方要做的事。我们要做的，是在侵略真的来临时，表现得出色。把政治进展的麻烦细节交给联合国和像托利普先生这样的理想主义者去处理吧，军方没意见。女士们，先生们，我当然不知道对报复的担心能否阻止侵略，但是我的确知道，我们的空间站已经严阵以待。至于我自己，我想我是那种你们可能称为报复起来没个完的傻子。［高空上响起一片笑声。］我们的敌人完全意识到在实施报复方面，我们目前拥有极为突出的优势。我们的敌人对这一点的了解，以我的浅见，可以阻止侵略。假如我不相信这一点，就会脱下这身军装，去找份能挣大钱的工作，比如说职业棒球运动员。”

这架飞机要永远转圈下去吗？（我想。）这些话语会永远说了一遍又一遍吗？这一难以理解的观点的旋转木马会永远吱吱嘎嘎转下去吗？永远没人能抓到铜环①吗？

“但是从本质上说，”将军接着说，“我们的工作，不是跟托利普先生的理论世界打交道，他建议我们跟乱七八糟的每一个国家合并，变成一个超级大国，无论他们是什么肤色或者种族，或者有多么贫穷。这样做的话，会把我们的生活水平拉到跟最小的公分母一样低。我们的工作，不是跟巴克斯顿先生的外交世界打交道，他希望在会议桌上找到和平解决办法。不，军方必须面对世界的本相。我们知道敌人实力强大。以我们的浅见，我们认为不言而喻的，是我们需要变得更强大。女士们，先生们，相信我，在这个非常、非常具有历史意义的上午，我对自己在即将开始的星际对话中居于一端感到自豪。美国军方建设空间站——它实际上是一个人造行星——

① 指每一匹木马的上方的圆环。

这一成就,在军事史上是空前之举。我们已经率先进入了太空,我们逃过了重力这个老太太。我们已经到了那儿,最快地到了最远的地方。[掌声]

“虽然我不具资格,但我可以宣称,这种新武器放在派驻在我方空间站的称职之人的手里,能把全球置于我们的主宰之下。我们可以瞄准任何地方的任何地点,用我们独家拥有的霹雳把它轰成碎片。主持人先生,如果太空上的那两个小伙子已经准备好,我也准备采访了。”

大家都担心节目进程这时会出差错,担心技术上的困难也许终究还是无法解决。我扫了一眼演播室里的钟。红色的秒针再跳几格就到十一点半——将军在时间上把握得很好。我从未见过卡希尔的脸色那么紧张过。因为事先造了很多势,如果现在搞砸了,会让他难堪之极,即使他作为一位经验丰富的司仪老手也会这样。但是十一点半,采访顺顺利利地准时开始。卡希尔接过将军的话:

“现在,全球的观众们,你们将听到太空行动的倡导者阿蒂默斯·雷科伊尔少将与两位空间站上的美国军官对话,两位军官是詹姆斯·奥布林顿少校,以前是纽约布鲁克林人,现在在太空;诺布尔·特雷特中尉,以前是爱荷华州西罗克斯人,现在在太空。开始吧,雷科伊尔将军!”

“接进来吧,太空!”将军说,他的扁桃体正在把泛起的威士忌压下去,眼睛死死盯着台词。“你们能听到我说话吗?奥布林顿少校还有特雷特中尉?”

“我听到你说话了,”一个声音说,“我是特雷特。”就我所记得的，那个声音让我感到震惊，因为它有一定的简练特点，让我始料未及。我相信它也让每个人都感到震惊。特雷特说话声音沉着，听上去好像他就在演播室里。

“特雷特中尉，”将军又说，“跟我们地球这儿的听众说说，告诉我们，你们身处遥远的自由太空，有没有感到重力的束缚？”

“没有，长官，我没有。”特雷特说。尽管他说了“长官”，但是他的声音听起来无精打采的，几乎是目无上级。

“可是你们完全是舒舒服服的，坐在空间站那儿，整个地球摊开在你们面前，像是个巨大的靶子，对吧？”

“我当然舒服。”

将军等了一分钟，像是在等他展开说，可是他没有。“嗯，那边的天气怎么样？”将军开心地问。

“根本没什么天气。”特雷特说。

“没天气？太空里没有天气？很有意思啊。”

“屁意思。”特雷特说，“真他妈无聊。这里是个破地方，比太平洋上的有些小岛还要差劲。”

“嗯，我想这肯定让你们有点恼火，这也是难免的。告诉我们，中尉，居然成为太阳系的一部分，有自己的轨道，这让你感觉怎么样？”

“还行，只是我他妈更愿意喝醉。”特雷特说。

我看着卡希尔，他在咽口水。雷科伊尔将军又捏紧了他的台词。

“哎，对了，”将军又说，他的声音开始有点发颤。“你们能简单地给电视观众解释一下——”但就在此时，空间站上的特雷特似乎不再有兴趣跟雷科伊尔将军谈话，而是开始跟他的太空伙伴奥布林顿少校聊起来。一开始，三个说话声夹杂在一起听不清楚，可是将军在看到主持人向他示意时不再说话，接下来特雷特和奥布林顿的对话清晰可闻，千百万听众肯定也听到了这次对话。

“嗨，奥比，”特雷特说，“除了重力，还有一样别的，我感觉不到它的束缚了，你想知道是什么吗？”

“什么？”他的同伴说。

“良心，”特雷特得意地说，“我感觉不到良心的束缚。”

“我也没有。”奥布林顿说，“我应该感到有点束缚的，可是没有。”

“我也感觉不到责任的束缚。”

“对。”奥布林顿说。

“甚至更妙的是，我感觉女人对我也没有吸引力了。”

卡希尔向将军做了个手势。雷科伊尔对事情的发展感到震惊而且不知所措，他想继续采访，让它回到轨道上来。“特雷特中尉，”他命令道，“你得把你的谈话局限在——”

卡希尔摆摆手要他别说话。接着是少校的声音。

“天哪，你既然提到，我也感觉女人对我没有吸引力了！嗨，中尉——你觉得重力跟性究竟有没有关系？”

“我他妈知道就好了。”特雷特回答道，“我知道我根本没有重量，在你一点重量也没有的时候，好像什么都不想。”

到了这时，因为大家都在听，演播室里鸦雀无声。将军的脸胀起来了，嘴也半张着，他想说话，可就是说不出来。

接着又是特雷特沉着而冷静的声音：“奥比，看到下边的大陆吗？胖子雷科伊尔就住在那儿。你对那个大陆有没有什么特殊感情？”

“没有。”奥布林顿说。

“你想不想开一两下火，奥比？”

“你当然说对了，我想开下火。”

“那咱们还等什么？”

当然，我是在凭记忆重现当时的对话，尽量忠实报道。特雷特说了“那咱们还等什么？”之后，我没有再听下去，而是冲向走廊上的电话。我离开演播室时，迅速扭头看了一眼演播室。将军部分恢复了说话能力，在跟卡希尔咕哝什么，我听到了“电话”和“国防部”两个词。

走廊上已经挤满了人。我脑子里只想着一件事——跟安说话。皮特·埃弗哈特挤着身子经过我身边，他简短地说：“完了。”我点点头。然后我透过一面窗户往外看。在东部靠上的地方，一道吓人的光带向上延伸，稍往下方，另外一道也开始亮起来了，呈可怕的抛物线状。在飞机上，对第一次爆炸只有轻微的感觉，那肯定是在很远的地方。接着马上又是两次。我看到一侧机翼坏了，飞机右侧的一个发动机抖动得挣脱固定装置掉下去了。电话间旁边，“蜜蜂”还穿着戏服，在笨拙地摸索着找降落伞。坠机时，他的一根触角扫到了我的脸。我一直没能挤到电话机前。我的脑海里闪过各式各样的念头。我看到安和孩子，他们的头部用尿布包扎着；我又看到那个戴着皮帽子的人，正在往车上装弹簧床垫；我再次听到了皮特的话：“完了。”只是我听到的似乎是翻译过来的话：“直到整个辽阔的世界下沉至底。”（诗人可真是无论什么时候，都不失本色啊！）如我所说,我一直没能打成电话,最后记得的,是武器击到的万处毁灭之点,每堆火都具有朝鲜蓟的典型外观。然后是一道巨大的裂口,飞机翻滚,后来我就失去了知觉。

我说不清楚过了多少分钟或者多少个钟头之后,地球才最终崩毁,我不知道。当然,具有一定讽刺意义的是,事实上,要为此负责的正是美国。既然可以说任何一个国家都具有人性的特点,美国的特点就是本意良好,我对此深信不疑。甚至在此时,在遥远的此处,我还是忘不了我的祖国博大的胸怀和无与伦比的创造精神。我不能问心无愧地说我相信我们把人送上空间站是做错了——这正像涉及爱情或者烈性炸药的任何事情一样,谁都永远无法预见所有因素。我当然无法肯定地说托利普的理论是正确的,好像对一个胃气胀毛病很厉害的人来说,他立场正确的可能性微乎其微。我对他的有些想法的确心有戚戚焉,也许是因为我自己也有胃气胀的毛病。无论如何,不可避免的是美国发明了空间站以及让氢弹相形见绌的新型武器。最后发生的事情不可避免,一开始也是出自良好意愿。

那时候——地球最后的几天!我经常怀念那时候。一种蔓延开来的愚蠢精神开始出现,不知怎么,生活中的一切在我眼里几乎全都不对劲,似乎我们都在急急忙忙地冲向一条死胡同。我的很多朋友都好像思想混乱,情绪不稳,我知道在他们眼里我也是如此。在大城市里,交通灯没换颜色就按喇叭,显然开车的人也无法忍受他们给自己行为所设的限制。鸟类灭绝之后(除了美洲鹤),我理智地确信人类也正在走向灭绝。美洲鹤之所以幸存,只是因为它们所跳的舞——搞演出的人很快便加以利用。(每个保护地都有电视信号发射机,爱之舞变得比重量级拳击赛更受观众欢迎。)鸟类一直是自由的象征。我一意识到它们已绝种时,就感觉我自己的事情也失去了重要性。不过我是个脾气急躁的人——我也必须记住这一点——我想表达的,是我个人对这一切极度悲伤,除此之外,并不想表达什么。

最后的日子!有很多种互相冲突的宗教信仰,每一种都准备用自己的教条来拯救世界,每种都完全不能容忍另一种,每天都似乎是漫长圣战中的一场战役。这是堕落和皈依的时代。每一周,全国发行的画报都像是在对以往的过激行为进行补正,把半裸、全裸的女人图片小心翼翼地隐藏在四色印刷的圣徒像中间。电视是人人都看的下九流节目——在家庭,学校,教堂,酒吧,商店里,无处不在。孩子们早就养成了习惯,看到的图像都是二手的,通过观看屏幕,他们长大后相信直接看到的一切都隐隐约约具有欺骗性,只有电子处理过的,才是有效和真实的。我想直接图像之重要性的衰落,要上溯至电视终于拍到月蚀的那一年,此后,谁都不曾仰视过天空,就好像月亮加入了一个草台班子。确实,一个小孩,或者甚至一个大人在望向屏幕之外的别处时,从来不会感觉自在,因为他害怕会错过能够解释一切的线索。

在很多方面,我喜欢我目前所在的行星。这里的人没有急务,无法持久努力干什么事,做事只是凭一时心血来潮,无论什么,只要未能维持住他们的兴趣,他们都会半途而废。就这样,只因为缺乏才智和目光短浅,他们得以避免建功立业时会犯的许多错误。跟地球上的比起来,我更喜欢这儿的苹果,经常有虫子,却甘美无比。这儿有句俗话："就算是个很懒的人，也会避开虫子吃。"

可是如果我说我不怀念另一种生活，那就是没讲实话，我很爱的。

第二辑　现在

关于我自己

我是个中等身高的男性。我把我的文件都存放在一个韦斯牌整理文件夹里，编号为8003。1945年度，我的预计税款余额为第3项减去第4、第5项数额。我的眼睛是灰色的，我的义务兵役令的号码为10789，序列号为T1654。我位于Ⅳ－A等级，以前曾是3－A、Ⅰ－A(H)和4－H。我的社保号码为067－01－9841。我跟一个号码为067－01－9807的美国女人结婚，她的眼睛是灰色的。这不是一份共同声明，也不是由一位代理人所做，因此只需要由我签署——另外，如我所说，我是个中等身高的男性。

我拥有一份弃权地契，登记在我所居住的县里第682号记录册的501页。我拥有一份火灾保险单，号码为424747，有效期一直到1945年10月23日中午，重要的是要让保同样财产的所有保险单上的填写内容完全一致。跟患了早期关节炎一致的是，我全身都有增生性变化，我的颈椎显得与此迹象对应得不错。（基本医疗资料：颈痛呈放射状延伸至乳突骨及后枕骨，并非一直痛，严重程度中等；病人总体而言身体健康，一直在工作。）我的手术员证书编号为16200，于一年多前的1943年12月31日到期，不过我还随身带着，好像一直有用，有时间我会去换新证。我已经做好、交出也公布了我的最后一份遗嘱，让我在之前任何时候做过的其他遗嘱及附件一概失效。我的基本A级里程汽油配额证为108950号，持有美国物价管理局R－525－C号表格。我的车牌号码为18－388，A－14票证的有效期直到3月21日。

我出生在纽约州5903号地区。我的出生登记在卫生部的3/58号案卷上。我的父亲身材中等,他的电话号码是484。我的母亲是位家庭主妇,她的眼睛是蓝色的。我的父母都没有社保号码,也未得到社会方面的保障。他们驾马车去车站,马没有编号。

我持有公平人寿协会的4320-209号个人投保证书,在此证书上,有一家下称雇主的公司签约为我保人寿险,保额为两千美元。我的左前轮胎为48KE8846号,右前胎为63T6885号,后胎从左到右为6N4M5384号和A26E5806D号。我用010号怀廷—亚当斯牌刷子拂头发,用普洛1201号菲莱克蒂克梳子梳头。我刮脸用的刷子经过消毒。我每餐饭后吃43934号药丸,我想多买一些的话,可以打埃尔多拉多市5-6770号电话。我用14号德维比斯喷雾器喷鼻子。有时我用控制号为3K49979(阿司匹林)的斯奎布药丸。我太太(067-01-9807号)吃49345号药丸。

我有一本40289EW号战时配给簿,从上面已经撕下了第1、2、3号航空邮票。我还有一本159378CD号配给簿,已经撕掉了2号、37号备用号以及其他个别几张配给券。我太太持有40288EW号和159374CD号配给簿。在收下这两本配给簿时,她承认它们仍然是美国政府财产。

我有一条黑狗,脸颊是棕色的。它的编号为11032,是个旧号码,有时间我就去换号码。给它吃的加工好的食物保证经过检测,检测号为1312。成分为:麦片饲料(由玉米、大米、糠和小麦组成),肉粉,鱼肝肉粉,5%凯尔提纯素[包括干脱脂奶,脱水干酪,维生素B_1(硫胺素),核黄素提纯物,胡萝卜素,酵母,维生素 A、D 营养油（每克含 3 000 单位 U. S. P. 维生素 A 和 400 单位 U. S. P. 维生素 D），淀物酵素（营养酶），麦芽粉，大米糠提取物］，1.5% 二氧化钙，0.000 37% 碘化钾和 0.25% 盐。她更喜欢吃下水。

我写完正在写的这篇文章后，会是傍晚时分，五点半左右，到时我会拿上第 245－9077－B 末号定购单——今天早上我从战时情报部收到的，用于某些物资，他们想把这些物资翻译成一种外国话。附在定购单后面的，是 3 份 1034 号标准表格（白色的）和 3 份 1034a 标准表格（黄色的），另外还有“卖主制作单证说明和填好的单据样本”。申请号为 B－827，分配号为 X5－207.1－R2－11。填写单据时，应当使用墨水笔、擦不掉的铅笔或者用打字机。过一会儿，我会是个卖主在填写单据，之后，等到我的头不舒服，疼痛呈放射性发作时，我就是个填写单据的卖主。我看到我需要遵照一个有 28 项说明的清单，所列第一条是：“支付机构的名称如在购买单左上角的‘拨款符号及职位’一栏所列”。清单上第五条为：“卖主的个人账户或发票号码。”可是这指的是 245－9077－B 末号定购单还是申请号 B－827，还是分配号 X5－207.1－R2－11，还是拨款符号 1153700.001－501，我不知道，想几个钟头想到深夜也不会知道，我去咨询 067－01－9807 号女性也查不出来，在填写表格方面，她也根本不比我强到哪儿。我吃了 43934 号药丸后也不会想出来，这种药片的效果只会让我打瞌睡。

我尚欠 32413654 号下士一封回信，感谢他圣诞节时送给我领带，地址为加利福尼亚圣弗朗西斯科市邮局局长转 953 陆军邮局第 7 陆军航空兵军需部队总部中队总队。1918 年时，我在部队当二等兵,我的编号为4345016。我中等身高,浅色头发。我在311912号或者451914号将级军官手下都不曾缺过勤。那次战争是第一次世界大战。

门

一切(他一直在说)都为其所非,每个人都总是身在别处。也许是城市——待在城市里——让他感觉一切都多么古怪,是别的什么。也许(他一直在想)是因为事物的名称,名称是“tex”,经常也是“koid”,或者是“flex”和“oid”,或者是“duriod”(sani)或者“flexan”(duro),但一切都是玻璃(又不完全是玻璃),你摸到的(有表面,能洗,不起皱褶)是橡胶,只是它不完全是橡胶,你没有完全摸到它,而是几乎摸到。墙是玻璃但又是“thrutex”,结果走近后发现不是墙,而是别的,是个口子或者门口——后来又发现门口(尽管他看到自己走近)是别的,是一堵墙。他吃的东西令他感觉不适。

他在一幢可以洗的房子里,然而又不能肯定。再说那些老鼠吧,他一直对自己说。他所指的老鼠,是教授通过迫使其应付解决不了的问题——无法解决的问题——而逼疯了的老鼠,他所指的那些老鼠被训练跳向中间有个圆圈的方形卡片,那张卡片(因为它为其所非)会翻过去,让老鼠跳进一个有食物的地方。后来有一天会这样骗老鼠:卡片换了,老鼠跳过去,可是卡片不会翻,这是种无可奈何的情形(对一只老鼠而言),这只老鼠会疯掉,它的眼睛里会出现受挫者那种哀求的眼神,亮闪闪的,难以形容。先是震惊,然后疯跑,此后就进入一个逆来顺受的阶段,不管怎么样对它,它都愿意,即使它是别的什么东西。

他不知道要跳向房子里的哪扇门(或者墙)或者口子才能通

过，因为其中之一是口子，不是墙（是个“void”或者“koid”），另一个是墙，不是口子，是个漆成同样颜色的卫生碗橱。他瞥到“thrutex”里他跟自己四目对望，他的眼睛里，有他以前在老鼠照片上看到过的那种眼神——震惊和狂跑之后的疲惫眼神，这时，不管对它们怎么样，它们都愿意，也不介意了。日甚一日（他一直在说），我要面对一个无法解决的问题（因为这一次，就算他选对了门，后面也不会有食物），荒唐之处就在于此，事物似乎不同于其名称。在他所处的房子里，在他所去的城市里（如同跳向一扇也许会打开，也许不会打开的门），他听到有种噪音——不是强噪音，而更像是预先录制好的嗡嗡声，来自墙（或称“stat”）根的某处，在通气管输送过滤空气的地方，离那架迷你钢琴不远——迷你钢琴是用跟指甲刷相同的材料制造的，位于楼梯下方。“经过测试，”她说，她的手伸着但是没指到钢琴，“发现这是可行的。”这种噪音不是很响，他一直这样想，可惜他看到了自己的眼睛，即使他是用自己的眼睛看到的。

首先会是震惊（他说），然后筋疲力尽，然后无论别人对自己做什么都愿意。“你最好相信**将会**是这样。”

他这一辈子，始终在面对无法解决的情形，在一切的背后，在换卡片（或者门）的背后，都有种蓄意为之的感觉，因为他们总是会等下去，直到你学会跳向某张卡片（或者门）——上面有圆圈的那张——然后他们会不考虑你而换掉。他说，在过去的二十年里，我就经历了多次换门，不过现在越来越清楚这是种无可奈何的情形，问题在于是否还要跳，即使他们从后面用一阵风来吹拂你，让你心烦——逼着你跳。他后悔站在了迷你钢琴旁边。一开始他们教你祈祷和念赞美诗，那将是正确的门（上面有圆圈的），可爱的长词，听着神圣，要跳向的是那扇门，那里有食物。然后有一天你跳了，那扇门却没打开，这样你得到的，只是撞到鼻子和第一次感到困惑，年轻时的首次困惑。

他说，我不知道用不用跟她说说那扇他们换或者不换的门的事，上面有等式和变形虫以分裂来繁殖自身图片的那一扇，或者上面有三十二美元五角支票影印件的那一扇。可是跳向门是很久以前的事了，可是撞的那一下……旧伤可真疼啊！这样疯狂并不是件坏事，只要，只要，只要你迈出一只脚往前走一步时，地面不会像现在这样前来迎接你的脚，街上也是一样（只是我也许永远也不会回到街上，除非我跳向的门跳对了），马路牙子前来迎接你的脚，始终极为精准地预测你的身体（其实在别处）重量。"我们可以记下你的名字，"她说，"然后寄给你。"这样也不算太糟糕，只要你能够一口气读完一个句子，而（你的眼睛）不跳到同一页别的什么东西上；另外（他一直在想），泽西那边有个人，他开始把他的树木一棵棵地砍倒，那人开始提到他要怎样把他的房子一块砖头一块砖头地拆成碎片，因为他面对一个很可能无法解决的问题，所以他开始砍院子里的树，开始用颤抖的手指抽出房子的砖块。就算一幢房子不能洗，拆掉也是值得的。到后来才会感到精疲力竭。

可是他们会一直不考虑你而换门，这在所难免，他说，因为门就是要换的，问题是要对此习惯，别因此心烦意乱。可是那就意味着不跳，你做不到。谁都不能不跳，不可能不跳。也许会有这样的老鼠，但是永远不会有这样的人，每个人都得一直跳向一扇门（上面有圆圈的那扇），因为大家都是这样，特别是某些人。你不需要我站在这儿告诉你关于我的诗人朋友（已故）的事，他说过："一辈子到头，我的心都在追求某种我无以名之的东西。”（上面有个圆圈的。）你不需要吧？像很多诗人一样，尽管很少有这么可爱的，他却过世了，死于向门跳跃。当然，过程首先包括初期的发作、震惊，然后是平静，然后是心甘情愿。

我记得上面有个女孩的那扇门（只不过当时是春天），她可爱地张开怀抱，她的衣服（上面有圆圈的那件）没有扣好，开始缓慢、真真切切、令人炫目地落下——我想我们都想再试试那扇门，因为它是正途，有一阵子，它的确是正途，那扇门会打开，你飞快地穿过去，筋疲力尽（就像任何一只老鼠），食物就在那儿，跟教授安排好的一样，一切都好，你选择了正确的门，因为世界还年轻。他们不考虑我而换了门的那次，我流鼻血流了一百个钟头——你觉得怎么样，太太？要么你宁愿再领我多看一看这座如此奇特的房子，要么你可以记下我的名字，然后寄给我，因为尽管一辈子到头，我心里都在追求某种我无以名之的东西，我却跳够了，不知道何去何从，太太。甚至对我不曾受过超出人类（你想说老鼠也行）忍受限度的考验，神智清楚时就离开了这一点，我也不能肯定。老朋友啊，自从上一次碰撞后康复以来，你最近在追求什么呢？到现在，老鼠给它起了名字，可是我不知道它们叫它什么。我叫它“plexkoid”，一张张的，有点像是绝缘板，难以找到，决不难看。

还有在泽西的那个人，他当了那么多年房主，所经历的细节多到无法形容的程度：营建家园，种树，春天时修整草坪，秋天种下鳞茎，好在春天发芽，夏天趁着漫长的明亮傍晚给草坪浇水，给行车道铺砾石（一切都得想出来，计划好），还有装饰性的边界，大概要种多年生植物，还要使用杀虫喷雾剂，根据设计师的设计图盖房子，先是门槛，然后是壁骨，一步步建好，地板铺在地板木料上，弄平坦，在平坦的地板上铺地毯，挂窗帘，然后是开闭窗帘使用的杆。我一直在想他所经历过的无限需求、热情以及麻烦。然后，几乎没有警告，他还是跳向那同一扇门，可是这扇门不会开，他们不考虑他而换掉了，让按部就班的生活难以为继。

“在一间小屋子里，你这门窗可是开到最大程度了。”

不可能说得准（也许是在城市）是什么让他有了那种感觉，我也不是惟一一个，他一直在想——问任何一个医生我是否是这样。医生们，他们知道有多少毛病，甚至知道出在哪儿，只是他们不想跟你说脑额叶前叶的事，因为那就意味着在你的颅骨上打个洞，摘除几个世纪的成果，这片前叶花了很多很多年，经过漫长的时期才长出来。（这不是你也许能在报纸上读到的东西吗？）现在，压力如此之大，教授们把门更换的次数过于频繁……但这只是意味着吸一口乙醚，熟练的几刀下去，高级动物的脑子就轻松了一点，跟低级动物更相像了。你瞧，从此以后就要这么做，长着小的额叶前叶的会取胜，因为其他的由于这种不停的撞击而伤得很厉害。他们只能忍受这么多，不是吗，医生？（请问，您手里拿的是什么？）但您还是永远也说不准，不是吗，太太？

他（小心翼翼地）走过房间，脚下的厚地毯软软的。他小心翼翼地走向门口，门是玻璃的，他能看到反射出的自己的样子。他走近时，门开了，让他通过；通过后，他有点想找到他所知道的旧门，也许是有圆圈的，上面有个美丽可爱的女孩在他面前张开怀抱。然而他看到的，是一座自动扶手电梯，光线照着他（他一直在思考）到了下边的街上，走向别的人。他迈离电梯时，地面稍稍涌上，来迎接他的脚步。

两封信，皆为公开

纽约州，纽约市

1951 年 4 月 12 日

纽约州，纽约市 28，

约克大道与东 92 街街口

美国防止虐待动物协会

敬启者：

我收到了贵会发出的未署日期的信，称我"窝藏"一条未上牌的狗，触犯了有关法律。如果你们使用"窝藏"这个词，指的是每天晚上起来两三趟为明妮把毯子拉好，说我窝藏一条狗完全正确。这条毯子老是滑落，我想这会儿你们在纳闷我干吗不给它穿件羊毛衫，我是跟你们开玩笑。她有一件针织羊毛衫，可是她不喜欢穿着睡觉：她的腿短得会从羊毛衫里脱出来，脚趾卡在网眼里，影响她休息。明妮休息不好的话，她马上就会有感觉。我自己也有感觉，当然是因为那条毯子会滑落还是怎么样，我夜里有责任去看看，好几年我都没有真正休息好过。明妮十二岁了。

不管你们的检查员怎样汇报，明妮还是上过牌的。她作为一条未被切除卵巢——或者更常见的，是被称为"未阉过"的母狗——在缅因州上过牌。她戴着一个金属牌牌，可是我得说，我不是很喜欢这个牌牌，因为它的形状像是个消防水龙头，在我眼里，这是个失败的玩意儿。另外,给一条母狗挂牌牌也毫无道理,难以相信国内有哪个州会发放这种玩意儿,而且还要人们掏钱,可是缅因州总是自有想法。缅因州在高速公路边,竖了一些路边十字架,标示曾有人在此丧生于车祸。这样,高速公路就开始显得好像是墓地,在缅因州开车感觉沉重,你所想的主要是死亡。前不久我在科特里附近的一条路上开车,一边在想着死亡,突然听到春天的青蛙在叫,我的心情马上为之一变,顿然开始考虑起了生活,这是种再美好不过的感觉。

你们询问明妮的名字、性别、血统和电话号码,她不会接电话的,她是条达克斯猎犬①,够不到电话,可是就算能够到,她也不会接,因为她对打进来的电话不感兴趣。我的确有过一条公的达克斯猎犬,他对电话感兴趣,而且也有很多电话,可是弗雷德这条狗与众不同(他叫弗雷德),我一时想不起来有什么他不感兴趣的,电话只是上千件东西中的一件。他热爱生活——也就是说,如果你们所称的"生活"指的是"麻烦",当然,电话几乎就是麻烦的同义词。明妮也热爱生活,可是她对生活的想法,就是一张暖和的床,最好还有电热毯,有位朋友在床上陪着她,白天黑夜都睡很多觉。她快十二岁了,我想我已经提到过。明妮是我在1939年从克拉伦斯医生那里讨来的,他当时在癌症研究中使用达克斯猎犬(是在温切尔主持此事以前),他多了几只小狗,我就说好话从他那里讨来。后来在利特尔医生要求下,她生了小狗,她亲生父亲的种,你们觉得这样一桩丑闻怎么样?我知道弗雷德会觉得怎么样,他真

① 一种短腿长身的德国种猎犬。

的能传得沸沸扬扬。

您真诚的，

E. B. 怀特上

纽约州，纽约市

1951 年 4 月 12 日

缅因州邦戈尔

国内收入署税区办公室税务员

阁下，

我收到您寄来的通知，关于两百多元的支付事宜，您声称那是我 1948 年度的未结税款。您声称已经签发许可证，可以查封我在缅因州的家并变卖，可是如您所意料到的，此时此刻，我不知道那样的话，会让我的处境有多么尴尬，因为就在同一批邮件中，我还收到了纽约这里的防止虐待动物协会寄来的便函，对我在公寓里窝藏一条未上牌的狗而大加鞭挞。我已经给他们写了封信，称明妮在缅因州上过牌，可是如果您查封并变卖了我的家，会让我在上述协会那里显得很蠢，不是吗？他们会说了，如果我不住那儿，干吗还要给狗上牌呢？我想这话问得理所当然。我已经给那家协会写了信，可是我有意没提查封以及变卖许可证的事，我不想把他们弄糊涂了，而且这件事有可能听起来正像是无稽之谈。我一直按时交税，那家协会觉得我在开玩笑还是怎么样。

无论如何，事情发展成了这样：我在纽约州被指控赖着养狗税不交，在缅因州又被指控迟交联邦税，我相信我必须想办法重新安排我的生活，好让一切都能凑到一起来，都在同一个州，也许是特拉华州或者类似的哪个州，因为照目前这样，每个人都会觉得太容易搞糊涂了。明妮对我的心情如何很敏感，知道有哪里不对劲儿，知道我感觉很糟糕。现在她就感觉很糟糕。前不久发生了一件特别好玩的事：当时我正在收拾行李箱，准备回缅因州一趟，行李箱敞开着放在地上，趁我没注意，明妮爬进箱子躺下来。您不觉得挺可爱吗？

如果您查封了我的家，有几件事我应当说明一下。在厨房楼梯的上面尽头，您会发现有个像盒子一样的古怪玩意儿，我不想让您对它有误解，因为它看着像是个棺材，只是里面有道隔板，一侧有两个小门。我想这种盒子世界上再也没有第二个。这是我自己做的，好多年前，给两条毛茸茸的达克斯猎犬当宿舍用，这两条狗都会夜里着凉。达克斯猎犬夜里很容易着凉而不适，如果你没养过狗不晓得的话。事实上，除了很多别的倾向，这两条狗还有风湿病倾向，特别是弗雷德。他已经死了，要命。我要是能看一眼弗雷德的脸该有多好啊，今天上午我就会感觉好很多，因为他马上就会知道我跟当局有麻烦，会跑来跑去，起劲地表演。他真是不简单啊。

关于税款一事，是疏忽或者弄混了吧。您的通知上说去年秋天寄过“首次通知”，我想这说得没错，可是寄来时，我不知道是什么意思，因为我读不懂别人的心思。那份通知含义模糊，我就寄给了一位律师——就像一个傻子会做的——问他是否知道是什么意思。我问他这是不是税单，我是不是应该付，他回信说不不不不，那不是税单。他建议我一直等到收到税单后才付掉。好了，那样也好，可是我当时在垒一间小鸡舍，我用自己的双手垒什么的时候，完全不再有时间及地点观念，甚至也忘记去吃饭。给我几件工具和几根旧木料，我会完全沉浸在手头的活计中。我首先知道的，是夏天过完了，然后秋天过完了，到了冬天。那位律师肯定也在垒什么东西，因为我再也没有收到他的只言片语。

简短节说，我对未付款感到抱歉，可是您也得看到从头到尾是怎么样，好理解这件事，得看看我有什么要说的。当然，如果这段时间您还没有查封并变卖我的家，我会把钱奉上。如果您已经这么做了，我心里还惦记着另外几件事：谷仓里，在存放绑好东西的那头，有只鹅正在孵蛋，她是只年轻的鹅，我希望您能尽可能别打扰她，直到她孵出小鹅。您想要的话，我可以送给您一只。要么对了，那是属于联邦政府的，即使蛋是在寄出通知前下的，是吗？防寒温室布置好了，很快你就应该移植椰菜和西红柿幼苗，还要把我太太的矮牵牛花从厨房里的浅苗床移进防寒温室，让它们长壮一些。弗雷德的坟在倒垃圾处的桤木树丛中，过段时间就得去把墓碑扶正，墓碑只不过是从一根烟囱上拆下来的几块旧砖头而已。弗雷德以前不安生，他的墓碑也是这样——就是不肯老实一点。您经常得去看看。

我对您的便函感到恼火，好像写得不够友好。我是个待人友好的纳税人，认为政府不应该使用威胁的口吻，至少在我们来往几封信讨论过这件事之前，不应该这样。如果发现我固执己见，再说起卖掉这个地方也不迟。我把您寄来的有关查封以及变卖许可证的通知给那位律师看了，您知道他怎么说？“哦，根本没什么，只是走走形式而已。”这样来看一段明明白白的英语，可真是疯掉了。我真的担心律师，他们自己从来不写明明白白的英语，给他们一点明明白白的英语读，他们却说："别担心，根本没什么。"他们没救了，你难道不觉得他们是这样吗？对我来说，一个词就是一个词，我根本不可能想像写诸如"我要掏出一份许可证来查封并变卖你的家"这种话，除非我真的要这么做，我相信我的政府也不可能这样写。

进入那幢房子最好是从柴棚进去，因为台阶最下处钉了个旧麻袋，你可以在上面蹭掉脚上的泥巴。另外，你从柴棚进去时，会先到后面的厨房，饼干罐就在旁边，里面装的是弗里思太太做的饼干，自己拿点吃吧，好吃得很。

您真诚的，

E. B. 怀特上

难题解答

亲爱的波斯特太太：我们有两位女宾，分别坐在我丈夫的左右两侧，而我们的两个半成年孩子坐在我的左右两侧。这种情况下，女用人该怎样按顺序给餐桌上的人上餐呢？如果先给坐在我丈夫右侧的贵宾上餐，接着女用人又得经过我丈夫来给他左侧的女士上餐，多消耗的时间让上餐更慢了。然而，如果女用人从我丈夫右侧的女士开始，然后按逆时针给餐桌上的人上餐，最后才给我丈夫上餐，这样，她在给第二位女士上餐时，最好的食物都已经没有了。您有何高见？

——选自《波士顿环球报》爱米莉·波斯特的专栏

这种情形的关键，在于两个半成年的孩子。无论女用人按照怎样的古怪路线给餐桌上的人上餐，一个半成年孩子的眼睛会跟着她，就像被磁铁吸着一样。这种不舍不离的盯视会影响大家对时间推进的感觉。谈话变得乏味，最后不出声了，打破寂静的，只有女用人的沉重脚步声和舀菜勺子碰到盘子的刺耳声音。有时，在盘子经过时，一个半成年孩子会伸手拿点什么，这样就缩短了实际上餐时间，但是总的说来，在这种聚会上，根本不可能皆大欢喜地规定女用人的上餐路线。客人也好，主人也好，只能简单地认了这项事实，即家里人手不够，本次聚会设想不周。天下没有不散的筵席，这次也是。

*　*　*

亲爱的姐妹：你们有谁能告诉我怎样不让我的狗睡在餐桌上？我们一出门或者上床睡觉，他就上了餐桌。

——《波士顿环球报》上来函

养了这样一条狗，你们永远都别出去，也永远别睡觉。待在家里，熬着别睡。

*　*　*

L. D. 写道：一个男的暂时的身体状况有没有可能影响到下一代？换句话说，在一个男的干草热①发作时，他对当父亲该不该三思而后行？

——《芝加哥论坛报》健康专栏

这是很多男人都要面对的问题，此时只有他和他的上帝在一起。对花粉——花朵的雄性要素——敏感，这既是一种情绪高昂的状态，又令人同情，让一个希望生养下一代的人不免想到令人不安的可能性，这在一切繁殖中固已有之。有句俗话大家都熟悉：有其父必有其子，大喷嚏带来小喷嚏。对干草过敏到了根深蒂固的程度，如此症状强烈，无疑会遗传，这一点少有疑问。然而同样确定的是，一个过敏的人在他极感难受的季节，跟他的鼻黏膜未受刺激时一样渴望生活，渴望爱。我们不好郑重其事地建议哪位男的不要因

① 又称花粉病，是一种影响上呼吸道黏膜和眼睛的过敏状况，症状为流鼻涕、打喷嚏、发痒和眼睛流泪，通常由于对空气中传播的花粉有一种不正常的敏感性而引起。

为季节或者植物的状况而别当父亲。别去当父亲的时候,是一场世界大战之前的十八年。

* * *

F小姐:新娘不住在家里时,该怎样宣布秘密结婚的婚讯?

——《风华》杂志

无论新娘居住于何处,宣布秘密结婚婚讯的正确方法只有一种:使用隐形墨水。

* * *

问:一个不赞成给小费的人在一个地方吃饭,这儿的惯例是给小费,他该怎么做?

——(宾夕法尼亚州)《沙勒罗伊邮报》上来函

给小费。

* * *

问:我在卡姆登领了结婚证,我们共同生活了15年,然后他离开了我。另外有个男的想娶我,我现在想起来不知道怎么回事,我们忘了结婚。我需要办离婚吗?

M. F.——《费城记事报》

不,亲爱的。不知道怎么回事,你真的不需要办离婚。

* * *

有人打电话给你,指名道姓找你时,该怎样正确回话?

——《世界电讯报》"注意礼貌"专栏

在遇到这种不愉快的情形时，不单没有"正确"回话，而且不可能有真正的回话——在这个词的真正意义上。你说的任何话，都只能是权宜之计。数以百万计的电话使用者已经尝试过几百种"回话"，结果每一种都要么是答非所问，要么是荒唐，要么是无礼。

假如你名叫布林克霍夫吧，电话响了，你去接，一个声音说："劳驾，我想找布林克霍夫先生。"你怎样说都不合适。你可以说："这就是我。"这样就会被认为是个纯粹主义者或者装腔作势的人。要么你可以说："就是我。"这样会被认为无礼，要么你完全不管不顾地回答"这就是他"，或者"这就是布林克霍夫"，或者"这是布林克霍夫先生"，用第三人称言辞浮夸地来称呼自己，就像独裁者和国王那样。相信我们的话，当一个人开始用第三人称称呼自己时，离好日子到头也不远了。在对方听来，你这样说话要么完全是傻乎乎的，要么有意自负之极。你的"回话"听上去稍稍有点陈腐和不民主的味道，就像当着用人的面，你称自己的妻子为"布林克霍夫太太"，而不是"埃斯特"。

好了，假设电话响起来时，你采取了完全不同的策略，有人指名道姓找你，假设你装出一副高兴劲儿说："在讲！"这样尝试真让人同情！你的话几乎刚一说出口，就完全没意义了，因为你不再讲话，而是在听——一边听，一边在心里求告千万别是你受不了的某人打来的电话。要么让我们以其他几种常见的"回话"为例，来看看这几种有多么差劲：

声音："劳驾，我想找布林克霍夫先生。"

回话："你找到了。"这样太粗鲁，太随便。

声音："劳驾，我想找布林克霍夫先生。"

回话:“干吗?”这样答非所问,显得爱打听。

声音:“劳驾,我想找布林克霍夫先生。”

回话:“说吧。”这样过于自信,不够友好。

不,在这种情况下,没有“正确的”回话,所有的回话都令人泄气。在一个人的电话生涯中,这种时候最为棘手,最令人烦恼。毫无疑问,贝尔先生在兴冲冲地摆弄小块磁铁和振动膜时,他无疑没有预见到这一点。如果曾经有一个声音轻声细语地说“劳驾,我想找亚历山大·格雷厄姆·贝尔先生①”该多好啊,那样会给全世界省多少事!贝尔会疲惫地叹口气放下工具,这又是一个自知受到打击的人。

① 亚历山大·格雷厄姆·贝尔为电话的发明者。

爱回嘴的超验主义者

1927年5月，我购买了一本世界名著版的《瓦尔登湖》，价格我想是九角钱，我把它塞进口袋便于阅读。从此以后，我去哪儿都带着它，在小汽车上、在公共汽车上、在船上，因为它是我所拥有的最有趣的侦探故事。但是反复读一本书会带来一种危险，确切地说，一再蜻蜓点水读同一本书，带来的麻烦是你开始学会一些句子。我对《瓦尔登湖》就是这样。近来我发现，在别人问我一个简简单单的问题时：我会直接引用书上的话来作答。

比如说我午餐时候走进一间餐馆，领班侍者带着一副责备的样子走过来。

“就你一个人？”他问。

“大部分时间里，我觉得寂寞有益于健康，”我回答道，“有了伴儿，即使是最好的伴儿，不久也要厌倦，弄得很糟糕。我爱孤独。”①说完我得意地瞪着侍者，一把从盘子上扯下餐巾。

要么我在街上走，遇到一个认识的人——这人我好久没见过面，就是再也见不着他，我也无所谓。

“你这么久去哪儿了？”他质问道。

“如果一个人跟不上他的伙伴，”我回嘴道，“那也许是因为他听的是另一种鼓声。”

事实上，我想我根本没那么说，但是经常觉得好像在那么说。我越来越觉得难以清晰地把我在说什么和有可能脱口说出什么区分开来。也许得看是什么时机吧。不管怎么样,在如今扔向我的最平常的问题中,梭罗能回答上的数量惊人。在所有的普通场合,他是个万金油。

我走进一个房间。

"您坐下好吗?"女主人问道,一边示意某个空位。

"我宁可坐在一只南瓜上,由我一个人占有它。"我回答道,一边疲惫而无可奈何地接过天鹅绒垫子。

"您想喝点什么?"她又说。

"还是让我来喝一口纯净的黎明空气吧,"我瓮声瓮气地说,"如果人们不愿意在每日之源喝这泉水,那么,啊,我们必须把它们装在瓶子内;放在店里,卖给世上那些失去黎明预订券的人们。"说完我跌坐在垫子上,等着端上清澈的琥珀色烈酒和残留的橄榄。

"知道有什么好书吗?"吃饭时,我的伙伴问我。我慢慢扭过头,硬而粗糙的领子擦伤了我的下巴,我的眼神如夜色般深邃。我把嘴唇凑近她的耳朵。

"出版物很多,"我语重心长地低声说,"但是把这印出来的很少。我们有忘记另一种语文的危险,那是一切事物不用譬喻地直说出来的文字,它本身就是既丰富,又标准的。"

要么我在家里,也许准备好陪我太太去参加一场晚会。

"今天晚上外面怎么样?"她问,一边焦急地看了一眼壁橱角落处她那双橡胶雨鞋。

---

① 文中之"我"说的话多来自亨利·大卫·梭罗的《瓦尔登湖》,采用的是徐迟先生的译文,稍有改动之处。

“这是一个愉快的傍晚，”我听到我的声音在说，“全身只有一个感觉，每一个毛孔都浸润着喜悦。”

第二天早上，看到我的套装又皱又乱地搁在床边的椅子上，她会问：“你有没有什么要拿去熨的？”

“不，亲爱的，”我回答道，“我们的衣服，一天天地跟我们同化，印上了穿衣人的性格。如果你有什么事业要做，穿上旧衣服试试看。”（我要高兴地说我太太不再介意梭罗了，只是打电话让熨衣工来。）

这种情形不可胜数，答案无穷无尽。我记得有一次我回嘴时最恼火，也最大胆，那天有几个傻乎乎、笑得咯咯响的女孩来到我们家，开始变得兴高采烈。

“这地方可真是漂亮！”她们尖叫着说。

“恰恰相反，”我不客气地说，“我有时梦见一座较大的容得很多人的房屋，矗立在神话里的黄金时代中，材料耐用持久，屋顶上也没有华而不实的装饰，可是它只包括一个房间，一个阔大、简朴、实用而具有原始风味的厅堂，没有天花板没有灰浆，只有光光的椽木和桁条，支撑着头顶上的较低的天——却足以抵御雨雪了，在那里，在你进门向一个古代的俯卧的农神致敬之后，你看到桁架中柱和双柱架在接受你的致敬；一个空洞洞的房间，你必须把火炬装在一根长竿顶端方能看到屋顶……这房子，像鸟巢，内部公开而且明显。”

这几个女孩马上冷静下来，来做客的其余时间里，她们安静而且听话。但是我不知道——恐怕以后我会不得不把《瓦尔登湖》放到一边，买本别的书随身携带，要么也许买个连环套玩具，一个人玩连环套就算玩得久了，也不会想起什么东西。

从街角数起的第二棵树

“你有没有过任何异想天开的念头？”医生问道。

特雷克斯勒先生没听清那个词。“哪一种？”

“异想天开的。”医生又说了一遍，他说得从容不迫。他看着病人，想发现他的表情有无任何细微变化，任何不自在。在特雷克斯勒看来，医生不只在死死地盯着他，而且在不知不觉逼近他，就像一只蜥蜴逼近一只虫子。特雷克斯勒往后挪了一英寸，好定住神答话。他正要说“有过”，马上又意识到如果他说有过，接下来的问题便无法回答。异想天开的念头，异想天开的念头？有没有过任何异想天开的念头？两岁以后，**除了**异想天开的，他还有过别的念头吗？

特雷克斯勒感觉到时间在流逝，也感觉到他需要回答。这些精神病医生都是大忙人，忙不胜忙，不能让他们等待。下一位病人很可能已经在候诊室里等着了，孤孤单单，心怀忧虑，把身子在沙发上挪来挪去，他的脑子里塞满异想天开的念头和乱七八糟的担心。可怜的杂种，特雷克斯勒想道。孤零零地待在那间奇形怪状的接待室里，瞪着文件柜，在琢磨要不要跟医生说说乘坐麦迪逊大道公共汽车的那天。

我们来看看吧，异想天开的念头。特雷克斯勒沿着可怕的岁月走廊往回走，一路躲闪着，想看看能找到什么。他感觉到医生的眼睛在盯着他，也知道时间在流逝。别这么较真了，他对自己说。如果此时需要一个异想天开的念头，伸进袋子里随便拣一样就行了。

从街角数起的第二棵树

一个像你这样有很多异想天开念头的人,应该轻而易举就能说出一例供记录。特雷克斯勒突然探进袋子,在他的某个念头前待了一会儿,好像蜂鸟在飞燕草丛里停一下那样。不,他说,不提这个。他又冲向另一个(关于猕猴的),停下来考虑了一下。不,他说,不提这个。

特雷克斯勒知道他得抓紧时间。问题提出来后,他已经浪费了快四秒钟,可是这种事让人毫无办法——只是又一次让人感到无奈的糟糕情形,就像他时常令自己陷入的那一种。他问自己,你什么时候才会停下来,别在口袋里摸摸索索了?他又试了一次,这次他在精神病院那儿停了一下,只是栅栏是有机玻璃的——有凹槽,可以伸缩。不是这儿,他说,不是这个。

他直直地看着医生。"没有,"他平静地说,"我从来没有过什么异想天开的念头。"

医生抽了口烟斗,对着一排医学书喷出一缕烟。特雷克斯勒直直地看着烟雾。他总算看到了一个书名:《生殖泌尿系统》。一道恐惧的波浪刷的一下掠过他的身体,他第一次感到肾结石疼,皱了一下眉头。他记得他还是个小孩子时,平生第一次走进一位医生的诊室,瞄了一眼那些书名——恐惧便陡然升起,衬衫的腋下部位湿掉了,那是本关于肺结核的书,他突然意识到自己正处于痨病晚期,马上联想到大量出血。特雷克斯勒疲惫地叹了口气。他想,四十年了,我还是能让一本医学书的书名吓倒,四十年了,我还是在生活的爱猛然弓起的小马背上待不久。怪不得我坐在这儿,在这个难挨的傍晚,在这个没劲的破地方,就我异想天开的念头向医生撒谎,想想就会觉得,他看上去很累。

从街角数起的第二棵树

这节治疗时间慢吞吞地过去。大约二十分钟后，医生站起身把烟斗磕干净。特雷克斯勒站了起来，把脑子里的灰磕干净，然后等待。医生亲切地笑着伸出手。“你一点事也没有——只是吓坏了，想知道我怎么知道你吓坏了吗？”

“怎么？”特雷克斯勒问。

“看看你坐的椅子！看到它离我的桌子后退了多远吗？我问你问题时，你一直在一点点往后退，那意味着你吓坏了。”

“是吗？”特雷克斯勒说，一边装作咧嘴而笑。“对，我想是吧。”

他们握了握手。特雷克斯勒转身沿着走廊脚步不稳地走出去，走进候诊室，出去时经过了下一位病人，一个脸色红润、身穿细条纹衣服的人，他坐在沙发上，紧张地转动他的帽子，直直地盯着前面的文件柜。受惊的可怜人啊，特雷克斯勒想，他很可能已经在《时报》上读到过到下星期四十二点前，美国的男性中每两个，就会有一位死于心脏病，几乎每天早上报纸上都会这么说。他也很可能想到了在麦迪逊大道公共汽车上的那天。

一周后，特雷克斯勒又坐到了病人椅上。此后一连几周，他都继续去就诊，总是在薄暮时分，当时，思维池塘上笼罩着重重水汽，让整个东七十几街一带都为之晦暗。日复一日，他感觉根本没有好转，发现自己无法工作，发觉就诊越来越变得例行公事，尽管他肯定不会对这种例行公事有所期盼，但至少做到了逆来顺受，就像多年前，他曾屈服于某位牙医的长期蛊惑，那位牙医不急不躁地专心摆弄两颗死牙。另外到现在，一次次就诊开始变得程式化，就连病人也看出来了。

每节治疗时间都先从概述症状开始——走在街上感到眩晕，脖

从街角数起的第二棵树

子根感到绷着疼，忧心忡忡，不时感到沮丧和情绪低落，压力感和紧张感，对无法工作感到恼火，对未能完成工作感到焦虑，胃胀气。在为了说给医生听，不辞辛苦地再次讲述那些神经官能症状时，特雷克斯勒会想到这是世界上最乏味的症状。然后，在耐心听了症状重述后，医生会突然发问："你有没有发现什么能让你放松？"特雷克斯勒会回答："有，一杯酒。"医生会心知肚明地点点头。

随着他熟悉了这种程式，特雷克斯勒发现自己越来越倾向对那位医生有认同感，把自己换到医生的位置上——这很可能是（他想道）一种很聪明的逃避现实法。无论如何，对特雷克斯勒而言，在把自己认同于别人这一点上，这次也根本不算新鲜。只要上了的士，他马上就成了司机，从驾车者的角度看待一切（以及右手伸过来轻轻推倒旗子，把它按下，一直按到跟计价器的边缘相平），也看到了一切——车来车往，车资，一切——通过安东尼·罗科或者伊西多·弗里曼或者马修·斯科特的眼睛。在理发店，特雷克斯勒是理发师，他用手指捏着梳子，手搁在生发水瓶子上。那么，完全不言而喻的是，特雷克斯勒很快就坐到医生的椅子上，提问，等待回答。想到这里，他开始对医生很感兴趣。他喜欢他，觉得他是个好对付的病人。

那是在第五次就诊时，差不多进行了一半，医生突然对特雷克斯勒说："你想要什么？"他特别强调了"想要"这个词。

"我不知道。"特雷克斯勒不自在地回答道，"我想谁也不知道这个问题的答案。"

"谁都当然知道。"医生回答道。

"你知道你想要什么吗？"特雷克斯勒见缝插针地问。

从街角数起的第二棵树

“当然，”医生说。特雷克斯勒注意到此时，医生坐的椅子稍微往后滑了一点，离他远了一点。特雷克斯勒心里轻轻一笑，但是控制住未形诸于色。他跟自己说，你让他像只兔子一样受惊了，看他蹿得多快！

“你想要什么？”特雷克斯勒乘胜追击，逼问道。

这位医生又往后滑了一英寸，远离审问者。“我想给我在西港的小房子盖座厢房，想要更多钱，想要更多空闲时间去做想做的事。”

特雷克斯勒正要问“你想做什么？”话到嘴边又忍住了，最好不要操之过急，他想，最好不要失去控球权。另外，他想，在这儿究竟是干吗——我一次花十五块钱来搞这种降神会，然后由我自己上阵，提问题，衡量答案。这么说他想要座厢房！隐藏得可真够好啊！一座厢房。

在这次剩下的就诊时间里，特雷克斯勒安心地继续扮演病人的角色，以和气而友好的音符结束。医生让他放心，他的病因出自他的担心，而他的担心是没有根据的。他们微笑着握了手。

特雷克斯勒晕头晕脑地穿过空荡荡的候诊室，医生跟在后面送他出去。天色已晚，秘书已经关了诊所回家了。又熬过一天。“再见。”特雷克斯勒说。他迈步到了街上，转西往麦迪逊大道的方向走去，想到医生下班后独自一人待在那儿，在那个凄凉的地方——这位比他的秘书工作得还久，吓破了胆、工作过度的可怜虫，特雷克斯勒想道。还有什么新厢房！

从街角数起的第二棵树

这天傍晚天气晴朗，远处的中央公园一片绿意，诱人前往，余晖为砖墙及褐色砂石墙涂上了一层高光清漆，让街上显得亮堂堂的，令人心醉神迷。特雷克斯勒一边走一边考虑他想要什么。"你想要什么?"他耳边又传来这样的问话。特雷克斯勒知道自己想要什么,也知道通常而言,所有人想要什么。某种程度上他感到高兴的是,他们想要的是无法表达和无法得到的,而不是一座厢房。他满足地记得它是深层次、无形和持久的,而且不可能实现,它让人们感觉难受。沿着第三大道闲逛时,你的目光穿过酒吧门口望到阴暗的里面,有时能从放荡的各色人等中,看出是哪些人未能忘怀此事。他们定睛凝望杯底,希望甚微地想要再稍稍瞥上一眼。特雷克斯勒发现自己心情为之一变的是,他记起了他想要的既宏大又渺小,尽管它借自宏图大业、青春之爱、老歌和早期的广告,然而它并非这任何一种,它从来不曾被分离出来或者确定下来,有谁想在一位医生诊室里不受打扰的环境下将其定义,他会彻底失败的。

特雷克斯勒感觉精神焕发。突然,他的病似乎不治而愈,他不再眩晕,而感觉稳稳当当的。在他和路灯之间,冒出一棵小树,生长在那里,浸透了黄昏景象,每一片镀上金边的叶子都美轮美奂。美景当前,特雷克斯勒的脊椎里自然有所触动,第一次感到如此轻微的震颤。"我想要从街角数起的第二棵树,就要它长在那里的样子。"他说,也回答了一位想像出来的医生所提的一个想像的问题。他意识到他想要的,谁都无法给予,这让他有了种迟来的自豪感。他不再计较身体不舒服,对心中害怕不再感到难堪;在他的恐惧丛林中,他瞥见了(就像他以前经常瞥见一样)勇气之鸟艳丽的尾羽。

然后他又想到了医生,想到他独自被撇下,累了,而且胆战心惊。(那个受惊吓的可怜家伙,特雷克斯勒说。)特雷克斯勒开始哼

从街角数起的第二棵树

唱《月光摇篮曲》，默尔曼[1]的健康音色之内涵马上让他的心情有了反应。他穿过麦迪逊大道，上了一辆开往下城的公共汽车，一直坐下去，到五十二街时，他有了个能够正确地称之为异想天开的念头。

从街角数起的第二棵树

① 埃塞尔·默尔曼(1908—1984)，美国音乐剧、电影演员，歌手。

关于当今时代的笔记

温克斯太太

前不久，纽瓦克警方拘捕了一位很有意思的女性——名叫索菲·温克斯太太——她被控妨害治安，现在被判了缓刑。温克斯太太引起了我们的兴趣，因为她“妨害治安”，只是她能远比我们大多数人过得更独立自足。警方指称她睡在过道上的两个空纸箱里，这是她偏好的就寝方式。她拥有的衣服全部穿在身上——大衣和毛衣穿了七层。她身上的银行存折证明她有存款达 19 799.09 美元，比很多人都强。她是位干活挣钱的女性——做家务活——以此为证，她是个生活节俭的人。法庭认为，她错就错在缺少一个住处。

“你干吗不租个房间?”地方法官问道，可是他应该解释性地加上“还有壁橱里的衣服架、电灯开关的拉绳、放香皂的盘子、挡着药柜的镜子，药柜里止痛用的阿司匹林”，“你干吗不租个房间? 里面有聚集灰尘的地毯、吸走灰尘的真空吸尘器、修吸尘器的、装饰遮光灯罩的流苏、放分期付款购买电视的账单的桌子，电视里播报有关战争的新闻”。我们觉得地方法官过分简化了他所提的问题。

温克斯太太有可能妨害治安，但是人们会停下来想一想最严重的妨害治安情况真正出现在哪里。如今，我们都被要求去找过道(除了校童，他们爬到课桌下面)，也正是在一处过道上，发现了安然无恙的温克斯太太。最近我们读到避免通货膨胀的惟一希望，在于不停地多生产商品。我们对温克斯太太讲究条理心向往之，她摒弃了一切，除了便于携带的，她在金钱方面很稳健，可以对拉弗斯·莱斯特斯·约翰逊·布朗①微笑视之。这样一位女性，在一个混乱到完全匪夷所思的世界上，却做到如此井井有条，我们向她致敬。

造雨者

当别人告诉他有人要对实施人工降雨的人提起诉讼时，造雨者奥德怀尔市长说："有人不想让天下雨，我看是这样。"这句话毫无疑问，属于独断专行的人所说出的较为倨傲的言论，跟黑格先生②的著名宣言同列："我就是法律。"市长几乎好像在说："我就是雨。"通过对下雨持相反意见的人们进行定位，把一时冲动的话斥为纯粹固执己见。市长的话不像黑格的那样具有煽动性——而只是一句出自神祇般的话，单纯无知，离题万里。有人的确不想让天下雨——某个几乎被遗忘，但并未完全被遗忘的人。这个人怎么样？他让我们产生了兴趣。他大概脾气不好，要么也许是个特别喜欢野炊的人，然而是一个人——两条胳膊，两条腿，一把雨伞，习惯于指望广袤的天空，而不是一市之父来带给他奖赏或者惩罚。

现代人身上一个引人注目的特点，就是他对待自然环境的态度，这很可能会给他带来麻烦，甚至缩短他在地球上存在的时间。他通常觉得从太初起，自己便一直在此——比螃蟹还古老——他也倾向于觉得自己必定会一直待到痛苦的末日。而事实上，他是个后

① 有一首名为《拉弗斯·莱斯特斯·约翰逊·布朗》的歌曲，歌里的这位拉弗斯·莱斯特斯·约翰逊·布朗无力支付房租。
② 弗兰克·黑格（1876—1956），美国政客，1917 至 1947 年任新泽西州泽西市市长。

来者,有时在各方面,他都表现出将是个提早退场者——一个看过华丽而令人难忘的几幕后就鞠躬退场的顾客。他忽然注意到自己的喷泉式饮水器水压不足时,会上天打云朵的耳光,这完全跟他对大自然的感觉一致:性急,加上无法满足的好奇心,还有一心当主宰的愿望。“有人不想让天下雨,我看是这样。”市长说,话里话外带着闪电。

想来市里觉得有一个挺好的法律漏洞可以供其利用:即使一架飞机飞上天给一朵云彩播种,也下了雨,下面被淋湿的人仍然必须证明是种子发了芽,雨滴实际上是种子所结的果实。也许这一点难以证明。从法律上讲,造雨也许会像某样设备一样清白无辜,然而从哲学上说,造雨绝不可能清白无辜——它位于不清不楚的中间地带。雨的功用,不限于从一个城市居民的厨房水龙头流出来,它还是引起忧郁症的部分因素,是黑暗、农事、体育、零售业的一部分。大家都谈论天气,因为天气是属于每个人的动产。自杀行为经常一直等到下雨时才付诸实施,给一块云彩播种的飞行员也可能在给一个人播种,造成最终而且不可忍受的眼泪。实施人工降雨的飞行员进行的,是一次漫长的飞行——飞向疯狂的灰色远方。

纽约的用水短缺与其说是由于降雨量不够,倒不如说是因为缺乏远见,缺乏对大自然的敬畏之情。依我们所见,补救方法不是制造降雨,而是对自然下到地球上的雨,不管有多少,对其正确使用和分配。如果像人工降雨者会做的那样,人类居然侵入天空刺激云彩,我们预测他这种飞行只会给类似行为开先例。我们会发现为了满足避雷针制造商的欲望,人工制造闪电者也上天了:避雷针制造商有可能认定闪电短缺,想出办法来引起更多闪电。这样一来,将会触犯保险公司的利益,他们必须承担被雷电击中的烟囱的重建费用。简而言之,可以想像的是,人类也许必须对自己的领域划定一个明确的界限——画一条线,他所管的到此为止,上帝所管的从此开始。市长有可能认为自己就是雨,可是当他瓢泼而下时,他也有可能措手不及。

美国男性的梦想

多萝西·拉莫尔①是军中男性最向往的女孩,这一事实,是在《生活》杂志对范围不限的全国性紧要之事做例行调查时发掘出来的。它揭示了战争的一个方面,揭示了全国性的梦想和我们普遍都有的未遂心愿。如果你了解了一个士兵想要什么,你就会了解男的想要什么,因为一个士兵年纪轻轻,性欲旺盛,被束缚在一种工作上,这种工作导向一个遥远的悲剧性的结局。他是男性的化身,他对女性的梦想,可以说是每个男性对于女性的梦想。在向往拉莫尔这一点上,显然他渴望的,是在原始环境下,在极具自然之美和神秘性的场景下,遇上一位女性。他不想看到这个女的有任何突然或者紧张的动作。她应该在一片林中空地、一块洼地、一片小树林或者瀑布下方的一个小池塘里。每个美国青年首次看到拉莫尔小姐,就是在这种场景下。他们在森林里,她慢慢地走出池塘,站在蕨类植物中间,身上往下滴着水。

美国男性的梦想,是盼望有一个女性,她极为慵倦,却不是懒惰,只有他一个人陪着她,她也不会令他失望。他渴望一个美丽但

① 多萝西·拉莫尔(1914—1996),美国歌手,电影演员,曾演出《丛林公主》、《飓风》等电影。

又能为他所了解的人，她不会说出一个完整的句子来破坏完美的情景。伴随着她的，有月光和阴影，她的嗓音稍微有点沙哑，只是在唱一首歌或者试图说出他教她说的一两个词时才会开口。她的胴体就算有什么遮挡，也会是一片睡莲叶子，一片树叶，一片蕨叶，一块苔藓或者一条围裙——那是一件简单的衣物，带有暗含的保证，即它不会久留原处。几百万年来，每个地方的男人都向往多萝西·拉莫尔。如今，时代已经到了复杂至登峰造极的阶段，通过远程轰炸机的仪表盘，已经达到其最高表达形式。不失为一个好主意的，是记着男人最根深蒂固的梦想，是关于一个林中池塘和一个无所顾忌的女孩从里面出来，风摇柳摆地走向他。她光彩夺目，如同孩童，一个心无挂碍的女孩，像一棵绿色的小树般安静、美丽，令人如沐春风。那才是他惟一真正想要的，他有时纳闷别的东西怎么会掺合进来——仪表盘，夜空，最大载弹量，飞临灯火已禁的城市上空的狂喜时刻……

传主

今天上午，我们收到了《美国名人录》的出版人惠勒·萨蒙斯写来的一封信，这是封语气轻松的长信，里面全是行话。他亲切地谈到他“计划中的下次增订”，提到“由传主合作提供的最新内容”，还提到了“校订资料”。萨蒙斯先生（我们还收到很多别人写来的信）的信给我们留下特别印象的，是他的开场白。他一上来就道歉：“……我知道您每时每刻都处于压力之下。”

萨蒙斯先生无疑相信他的传主们都是如此，每时每刻都处于压力之下。他肯定觉得自己好像在经营一个纯种马的马厩，里面每匹马都有谱系记录，每匹马都忙碌无比。然而这是个错觉。美国有很多一贯最懒惰的角色都跻身于《名人录》,有的人自从 1910 年他们出版了第一本书后,就不曾感觉到一丝一毫的压力。他们这些人留下了印记,加入了一家俱乐部,满足于让过去的成为过去。我们这样说并非无根无据。身为不活跃程度绝非轻微的传主,我们可以肯定地说,此刻我们完全没有感到任何压力——除了跟写这速朽的一段相关的轻微压力。写完这段后,我们准备在和煦的阳光下缓步走向中央公园,照例去看一下那匹小骆驼,然后去一间酒吧,我们会喝一杯五月的葡萄酒,迷迷瞪瞪地消磨下午的前几个钟头——这是一位几乎像角蜥一般懒得一动的传主。

乡村居民

如今进入六月后,人们正在退居偏远的乡村,去避暑、寻根,穿着家常裤和帆布凉鞋——典型的农民装束,用拉马车的栗色马犁夏天的田地。他们把乡村生活——他们对其只是匆忙了解了一下——变成可以说是一场化装舞会,粉墨登场,在这场大自然之剧中演个跑龙套角色。《风华》杂志上说:"在园子里挖地,身穿中国洗衣工的蓝色或白色棉布工作褂,套在相配的裤子或者棉裙子外面。把你在墨西哥、布列塔尼或者中欧找到的围巾都留着吧。从海地订购座位和靠背都是天然材料编织而成的木制扶手椅。至于你在农村用的浴室,里面放了一排盖着口的瓶子,用柳条箱罩着,还要有让—米歇尔·弗兰克①设计的漂白梨木制作的香皂托盘。"向回归土地上的人提出这则建议,几乎有种走火入魔的劲头——这种走

① 让—米歇尔·弗兰克(1895—1941),法国室内设计师、家具设计师。

火入魔只是部分掩盖了无所寄托之人奇特的愧疚感。拖拉机拖着一棵山茱萸树下山,用汽车火速把一窝鸭蛋运走放在一只母鸡的身下。精神紧张的乡村居民渴望让世界保持活跃,采用的做法,是重新安排它的开花期和温暖其胚胎。

皮卡德教授——之前

高空旅行家皮卡德教授宣布他准备再次升空,这次是用两千个小气球,而不是用一个大气球。如果他的这一计划付诸实施,逻辑学家将会对这一趟升空产生极大兴趣——因为这一次,皮卡德教授不仅将侵入平流层,而且会侵入同样虚无缥缈的领域,即概率范畴。要知道,皮卡德教授下降时,通常是依靠放掉他的气囊里的部分气体,但是这一次,他将依靠处于稀薄空气中的小气球有一些会适当地爆掉。他希望小气球中只有"一些",而不是全部炸掉,而且他觉得概率对他有利。

长期以来,对概率的计算占据了赌博者夜间的全部心思,全世界掷硬币的人会无休无止地考虑两千个承重小气球的事,有些肯定会坚持下来,有些肯定会爆掉。他们想知道,两千个随时会爆掉的气球以理想间隔爆掉的机会有多大?虽然不太可能,但是能够想像两千个气球升至条件恶劣的区域,有可能一下子全部爆掉,如同可以想像一个硬币掷五十次,次次都是正面。然而在我们看来,另外还有个更大的问题冒了出来:稀薄的空气对这条定律本身有何影响?有没有谁可以权威地说在离地心如此远的地方,还存在概率这回事?我们希望亚伯拉罕·沃尔夫和威廉·弗里特伍德·谢泼德两位博士——他们编写了《大英百科全书》关于概率的引人入胜的那一章——会给我们写一个方程式,“关于在已经不可思议的蓝色天空中,两千个气球大概会以何种间隔爆掉”,这些气球之下,还吊着一位心怀好奇的教授。

皮卡德教授——之后

去过高空的皮卡德博士给科学领域带来了最高素质的疯狂。这个性格活泼的小个子探险家、平流层的顽童在一个由无数玩具气球吊向高处的篮子里,巧妙地迅疾上升,突然抽出一把手枪对着将自己吊在空中的气球随意开枪。“我就掏出枪,干掉了大约十几个。”他解释道。这种主意,只有头发散乱、眼睛过于炯炯有神的“哈波”马克斯①才有可能想得出来。皮卡德博士在一片熊熊火焰中降落下来,他跳出来后,据报纸称,他笑呛了。

家庭

前不久,持家一事抬起了它俗气的小小头颅,当时,美国家庭经济学协会认为,也许家庭应该在内阁有一席之地,可以称之为美国家庭部。这是个宏伟的设想,无疑会吸引来不该来的人。如果我们有了位家庭部长,就像国务卿或者商务部长那样,她很可能会是一位强调维生素和灯罩的女士,主张灭鼠。美国家庭倘若有了内阁地位,将会继续朝着错误的方向前进(正如过去几年内一样)。美国厨房将变成越来越像戏台一般,不堪忍受;美国地下室最终而且永远成为一个地面之上的娱乐室。总的说来,家庭将倾向变得可以拆

---

① 即阿瑟·马克斯(1893—1964),美国喜剧演员。

散、透明、可洗、消过毒和缺少人类生活。

家庭是个过于脆弱的机体,无法被联邦化。就连赶走一只老鼠这种小事,也会危及它的平衡;飞燕草里没了蜂鸟,能够毁了一个家庭的氛围。我们所待过的有些最生机勃勃、最可靠的家庭在经济学方面极为糟糕,而有些最贫困的家庭在物质方面,却是经济学家梦寐以求的。人们待在里面时,家庭是个很不错的地方,但是有很多活动把女士带离家庭,家庭经济学只是其中之一。我们这辈子所遇到的家庭经济学家中,都有一个共同点:她们没有一个待在家里。

审查

我们对最近关于电影中后宫的审查决定感到高兴。派拉蒙公司现在正在拍摄的一部影片里,有些场景是在一座后宫中,经过仔细研究后,审查员决定允许把这种一夫多妻现象作为卖点,前提是苏丹不能待在闺房里。那些女孩子可以光着背、光着侧面身子在枕头间乱滚,但是决不允许男人的眼睛盯着她们——当然,除了你的,幸运的读者啊。这种有后宫而无苏丹的决定,属于诠释美国道德的真正伟大的主要意见之一,可以跟1939年法拉盛①未来世界展览中关于女性乳房之暴露的著名决定媲美,1939年的那次决定中,规定一只乳房可以公开展示,两只则不行,因此满足了似乎矛盾不可调和的两派人:一是艺术爱好者,他们要求露乳房,但是愿意承认你看到一只,就等于看到了两只;二是体面派,他们坚持要遮住,但是他们同意,遮住一只乳房,就等于说明乳房所有者对此根本就不情

① 法拉盛为纽约市皇后区的一个地名,1939至1940年在此举办了世界博览会。

不愿,因此等于是遮盖了全部位置,或曰胸部。据我们所知,这一微妙而且影响深远的决定,让世博会安然度过了两个艰难的季节,我们想像那个缺少生气的后宫会对好莱坞产生同样影响。

声音

广播车或称“车轮上的言论自由”在跟法律首次产生冲突时,凭着高等法院一则判决而险胜。但是我们想到扩音这个主题并未止歇,将以多种变形一再出现。高等法院自身陷入混乱:言论自由变得跟放大说话声的自由混为一谈,噪音跟裹在噪音里的想法混为一谈。在我们看来,一辆广播车不是一个站在肥皂箱上的人,而是个站在肥皂泡大楼上的超人。最终必须划清界限:经过扩音的说话跟平常说话不是一回事——喇叭把分贝值反复增加,不仅会打破平静,而且通过高音量,还会导致疯狂乃至丧命,而人声,只是在它加重了一般人憎恨言论自由的整体原则时,方成为公害。部队里已经知道,经过放大的声音会成为一种威力未经试验的武器,再来一场战争的话,我们就很可能身受其害。

时至今日,现代人已经懦弱地接受了他的声带被放大的奇迹,他默许了巨型化。现在的新生儿一生下来就被扩音,因为就连育婴室里也连了线来拾音,婴儿最初的哭声通过独立的异常报警系统,传到身在客厅的母亲的耳朵里——跟开着的育婴室窗户飘进来的街头噪音一起。(对政治候选人的提示:每次都把你们的广播车停在育婴室窗户下,你所说的话,会通过内部通话系统传到心神不安的大人那里。)不过人们会纳闷人类还要把自己在电气方面的才能发展至何种地步,说话的权利还能保持多久跟电功率毫无关系。我们感觉只有解决了这一问题,言论自由的原则才能存在下去。总会有很多人急于压制他们不欣赏的意见,如果这种意见刚好是以本身就不可忍受的音量表达出来,想压制声音以及愤怒的人们在数量上,将会有极大增长。因此,扩音有点像是酒精:它可以强调我们的意思,但也有可能摧毁我们的理性。

*　　*　　*

在电台上,大家都明白无论发生何事,千万别没了声音。在空中论坛,这种难堪的情况最容易被注意到。在这里,指望表演者就任何话题即时发表意见,他们也这样做了。必须一直有人说话,要么是主持人,要么是专家中的一员。似乎有这种规矩:能做到的话,就说出有意义的话,可是如果你做不到说得有意义,那就说什么都行。这种思想混战的紧张操练你听上一次,就很容易看出很大一部分努力,就是为了防止谈话中出现冷场。对于沉默,贵格会信徒的观点更符合理性,他们把它与声音等同视之。只要电台对无人说话的恐惧阴魂不散,我们怀疑它终究成不了什么气候。

灰尘时代

上周有一天上午阳光明媚,天是蓝的,云是白的,我们出去在房子外面的苹果树下,为我们三岁的小姑娘吊起一架秋千,那棵树比我们的小姑娘年长许多。我们给小姑娘推了几分钟,然后回到房子里专心读一篇关于死亡灰尘或者辐射战争的文章,它刊登在第6卷第7期的《核科学家会刊》上。

这篇文章以一个失望的音符作结:“我们今天能得到的核裂变产品所能破坏的区域小得令人失望,只有每月不超过两到三个大城市。”乍一听,这好像是说反话,但是重读一遍后,我们相信那位科学家的失望之情确凿无疑——它有种完全的超脱感。我们在研究死亡灰尘的基本知识时,秋千上那个小孩的世界(荡上蓝天再下来)似乎越来越像是个梦想世界,跟事物的本相或者对摧毁城市速度之慢感到泄气的世界没有真正的关联。

那位写了关于死亡灰尘文章的科学家在修订他的文字活计时,如果能带着批评的眼光,很可能会改变那句怪话的措词。然而事实上,那句话写了出来,也发表了。核时代的恐怖,不在于新能量的猛烈,而是人们对其适应的速度之快——他接受的速度。防弹已经大体跟防蛀处于同一水平。每月两三个城市作为区域无足观,但这是个开始。跟科学的纯粹性相比较(科学还在希望扩大这一区域),政治思想还似乎没有相应的纯粹性,从未有过类似的超脱感。我们极其需要安理会的某位代表发表一份声明,就其本身而言,这份声明就像那位科学家关于死亡灰尘的声明一样超脱。这位代表(他从哪个国家领薪都没关系)一定得是个尚未适应灰尘时代的人,他一定得仍然身处一个有秋千以及秋千上面的小姑娘的神秘世界,他一定要不仅仅是个研究未来的好棋手,而且一定得是个牢记过去的人。

我们好像无法把那个小姑娘跟辐射战争分开来——她似乎与其息息相关,尽管她居住在另一区域。那篇文章一再说到她:“这是一场新型战争,之所以如此,是因为它除了生命,不会摧毁任何别的。”作者说,这种武器可以被认为是种可怕的武器,或者另一方面,它“也可以被认为是一种很人道的武器。从某种意义上说,它给目标人口[包括每个小姑娘]的每个成员一个选择,是活下去还是死掉。”后来发现，活命的方法——如果这是你的选择——就是在灰尘一来到就马上离开城市，把“一块折叠过、浸过水的手帕”捂在鼻子和嘴巴上。我们又出去为小姑娘推了几下秋千，她总是忘了带她的手帕。吃午饭时，我们看着她想把她的餐巾叠好，好像永远都叠不好。

那天晚上我们躺在床上时，脑子里在想着城市和目标人口，我们又看到了那个小孩。这一次，她跟别的小姑娘都在坐地铁。地铁到了第242街——那是地铁所能通向非现实的最远地方，小孩子们都下了车，她们开始慢慢地向北走。每个小孩都有块手帕，每块手帕都正确地弄湿了，叠得整整齐齐——就像那篇文章里所说的一样。

出神

那天我们仔细阅读《时报》周日版时，进入了一种惬意的安息日出神状态，而在读到充满“戏剧-电视-电台-音乐-跳舞-美术-邮票-度假胜地-旅游-花园-美容消息-妇女消息-桥牌”栏目的园艺版上那些一成不变的广告时，这种状态进入了最清澈的阶段。在这里，在奇奇怪怪的园艺生活所需的装备中，我们浑然忘我，感觉浮动在思维完全恍惚的灰色区域。一片柔韧的刀片能增加割草机的效率，把割草机推过对个人来说无边无垠的草坪，我们知道我们永远做不到；在某个美妙无比的夏日夜晚，点一根香茅油蜡烛，可以赶走想像的走廊上想像的蚊子；一块钱二十株富贵草——在这间城市令人气闷的房间里，有墙挡着，读到这些，我们感觉多么平静，多么安安全全，多么懒洋洋啊！这儿有种做脱水蔬菜的器具，这儿有一篇关于养蚯蚓喂圈养母鸡的文章,这儿是个漂亮的银制反光球,放在随意生长的灌木林中。随着我们的眼皮慢慢耷拉下来,场景又扩大而且变明亮了。我们站在一片不属于尘世的乐土之中心,花园近在咫尺,还有个绿色的迷宫,在我们双脚周围悄悄来去的,是切根虫和下蛋的小母鸡,人工小溪里,对狗和甲虫都管用的液体驱虫剂汩汩流过布满青苔的石头,有位貌若天仙的美人在死死盯着反光球看。尽管这是个麻烦的世纪,但这是个在客厅度过的星期天,能够消除一切烦恼的万灵药还是有的。

牛仔

我们向历史学家推荐那位跟公牛摔跤的人,他一直乘飞机在芝加哥和纽约之间飞来飞去,为的是在这两个城市举行的牛仔竞技表演上把公牛摔倒。在这位两头来回跑的牛仔——如果这个词对他适用——身上,我们的世纪可以说发展到了一个极致:长了翅膀的农场工人,他的眼睛同时盯住了两头公牛,它们远隔千里,却仍然被这位长了翅膀的人摔倒。两头牛都不乐意被摔倒,可是其存在就是为了被摔倒。牛仔从倒下的动物头颅旁边站起来,拍拍屁股上的尘土,僵硬着腿走向正在等待的飞机。向往辽阔西部及其牧场牛群的观众从底层楼厅前排座位上起身,僵硬着腿,拍落他们未能实现的愿望,向出口走去。

重于空气

我们生平第一次看到一架大而重的飞机从空中快速下降准备着陆时,感觉它在操纵上,有一丝疯狂的因素。三十年来,我们的意见大致未变。诚然，在这三十年里，无数架飞机都已成功下降并着陆，如今这一壮举通常被认为是可以做得到的，甚至是不言而喻的。无论是谁——就像我们这样，如果声称想在其中找到似乎不合情理之处，他本人就会被认为是疯掉了。前不久有天上午，在一架康维尔飞机栽进东河之后，民用航空局的一位官员说那架飞机“未偏离航向，各方面都正常”——在航空学上，这可谓实话实说，然而它属于那种说法，既揭示了何为新的正常状态，也鼓动我们更认真地审视这件事，来看看这个世界向着把不可思议之事视同寻常的方向滑了多远。暂时想像你自己在控制那架康维尔飞机，让我们看看今日的正常状态是什么样吧。飞向机场时，一架康维尔飞机的速度约为每小时一百四十英里，或者说一分钟两英里多。我们不知道一架飞机有多重，不过我们就说它比一架三角钢琴重吧。飞机上面还有乘客。这一天上午天色阴暗，下着小雨，天空是铅灰色的。你这时飞在云层中，往下方的可见度为半英里。（几分钟前是一英里，可是突如其来，情况就变了。）如果你往前的速度为每分钟两英里，你知道再飞半英里就飞出云层，那意味着再过十五秒，你就能看到你是在飞向何处。时间到，你冲出云层，如果你有正常的好奇心，会四周看一看有什么情况。当然，你看到的是皇后区——什么时候都会让人大吃一惊，在有雨、有烟、风向不定的这一天，看到皇后区着实能令人目瞪口呆。你现在接近了地面，一分钟飞两英里，各方面情况都正常，在你**能够**看到和看不到之间，相隔十五秒。当然，你希望看到的，是 22 号跑道轻轻升起来亲吻你的飞机轮胎，可是，如一位来自巴斯的乘客说得好：“等我感觉到水在拍打我的脚时，我知道那可不是机场。”

在我们看来，飞机的设计很是止步不前，设计者规规矩矩地接受了固定翼飞机是切合实际、理所当然的形状。这种飞机经过改进，增加了安全设备，对其飞行也有严格规定，可是我们想看到飞机设计师开始琢磨别的主意，不像占据了他们想像力的那些主意一样固守成规。飞行之难在于速度，要么这样说吧，飞行之难，在于绝无机会可以慢悠悠地进行，所以对空中旅行而言，天气因素依然作用巨大。遇到有雾时，飞机改降别的机场，把乘客放到跟他们想去的地方相距几百英里的地方。天气很恶劣时，根本不允许起飞。还有很多人不肯坐飞机，因为他们不喜欢以每分钟两英里的速度穿过密布的乌云。在飞行变得应当如何如何之前，必须发明一种新型飞机——也许介于直升飞机和固定翼飞机之间，好处在于它的力量可以推动它要么快速向前，要么让它垂直上下。有了这种装备，这架飞机就能泰然面对恶劣天气。当凄迷的帷幕笼罩着皇后区时，会看到这架飞机慢慢溜出云层，仔细检查 22 号跑道，而不是像一架三角钢琴一样从天而降。

*　　*　　*

上面关于飞行的议论，引来环球航空公司一位机长写了封措词优美的信。他的意见所揭示的，是个很适应这种生活的人，值得把这封信发表出来。并不是每天都能碰到一个心态良好的人，无论在地上还是天上。我们对飞行很不以为然，这位机长并未对此表示异议，而只是说明因为他认可了空中的危险，让他感到自己“生逢其时”地从事了这份职业，而且“对历史属于我们的这一秒钟有用”。（既是个飞行员，又是个文体家。）

高速移动；离地面和人越近越感到不安全；能以某种把握展望未来的15秒——这些因素概括了在当今世界上生活的特点。对大多数人而言，这形成一种时时艰辛的感觉，包括对生活的反抗和不安。我倒觉得，不只是接受无法预知的未来，而且将其构建进我的生活，和那些坚持继续跟生活做斗争的人相比，也许我能够更接近过上一种“正常的”20世纪生活。

好了，你看到一位飞人和哲学家合二为一——爱思考的飞行员，使用了很多分号，对于当代的紧迫问题，完全是心有戚戚焉。他是一个有着内置的无法预知的未来的人，就像一位新娘对自己的爱人一样，他同样自豪、同样热忱地投身于他的高速世纪。要是我们非得坐飞机去哪儿，我们会选择让他来开飞机。然而高兴的是，今天我们自己心情平静，会去公园里步行游览，每周这样去一次生逢其时，不急不躁，对接下来的十五秒心怀感激。

在并不容易的飞行中，这位航空公司的飞行员心情沉着，揭示了人的精神还是稍稍领先于他的仪表盘，这一点意义重大。我们意识到自己囿于地面的生活是种精神分裂的生活，一半时候，我们对于跟现代景象结合感到幸福，爱上了它的每种情绪，它的每个玩笑都让我们开心，对它的威胁不以为意，一心要对其享受到极致；另外一半时候，我们是爱大惊小怪的道德家，对一切进步持怀疑态度，敌视变化，决心改正错误，匡扶正义，拯救世界，即使在这样做的过程中把世界炸成碎片也在所不惜。这两种性格一直在我们的内心争斗，很可能在大多数人身上也是，时而是一种占了上风，时而是另一种——灵和肉总是为这种内心的厮杀所折磨。我们羡慕X机长，到头来，他是个健全的而不是个性格分裂的人，他跟自己的环境和平相处。我们羡慕所有跟他在广袤天空飞行的人。

铁路

铁路具有强烈的疯狂特点，这是它所固有的，能够解释一个孩子对于铁路的天生感觉，也能解释一个大人对铁路不以为耻的热爱，好像完全没理由担心铁路的现状会有任何令人不安的改进。我们最近坐了次火车卧铺，平静却是未能合眼地过了整整一个炎热的夜晚，带着梦幻般的满足感聆听车厢的交响乐——餐车在午夜时候跟火车分开（*furioso*①），行驶中漫长而充满兴奋的沉默，行驶时铁轨跟车轮无休无止的闲话，声音渐强又渐弱，柴油机车的喇叭嘭嘭响的废话。绝大多数方面，坐火车和我们孩提时候相比没有改变。早上的洗脸水还是完全没有润湿的感觉，爬到上铺的小梯子还是夜间极度冒险的象征，火车转弯时，绿色的布制吊床还会摆动，还是没有万无一失的地方放裤子。

事实上，我们的旅程提前几天就开始了，在乡间一座小车站的售票窗后面，那位售票员表现得他已不堪忍受文书工作。“难以相信啊，”他说，“过了这么多年，每次我出一张这种票，还是非得每次都在这儿写下‘普罗维登斯②’。到现在，根本不可能想像你可以乘这一趟车而不经过普罗维登斯，可是公司还是要求在这儿写。OK，写就写吧！”他神色庄重地在正确的地方写下“普罗维登斯”，我们

① 音乐术语，意为“强有力地”。
② 美国罗得岛州首府和最大城市。

重新得到了一种保证，即坐火车旅行不曾改变，也不是正在改变，它完全符合我们的性格——有一丝疯狂，一种超脱感，不是特别快，也完全没有高度。

螳螂

前不久，我们在太太的梳妆台上发现了一只合掌螳螂①的尸体，这一发现让我们不同寻常地产生了兴趣，因为近来我们也祈祷，要是我们突然死去，我们遗体祈求的样子很可能看着同样滑稽，一样又干又轻。那只螳螂（母的）从眼睛到收起的翅膀尖的长度，为三又八分之五英寸——这真是一只令人惊叹的昆虫。她的腿和翅膀的外缘仍然呈漂亮的草绿色，她的胸部是谷杆那种鲜艳的红褐色。事实上，那只螳螂干掉后，奇怪地像是蔬菜，有点像是会动的树枝（也就是说，以前会动）。她的前腿仍是祈祷的样子，下巴搁在一只前脚上，完全一副虔诚的样子。我们猜不出她祈求的是什么，想要的是什么，可能是城里一间公寓的一张梳妆台，那也许会证明是个合适的产卵地点。我们自己的祈祷近来一直极具暴力：我们曾哀求上帝击杀那些坏人，他们有意引起混乱，制造事端，给世界带来无穷祸患。这都是全无价值的祈祷，要么至少说是出意不善，另外就像那只螳螂，我们有可能在祈祷时死去，但是有很多人现在正是这样喃喃祈祷，而且带着热忱。在祈祷中，和宗教信仰相比，我们感受到的更多是怒气。

① 一种螳螂，歇息时便合起前腿呈祈祷状。

扣缴

对于税务的扣缴原则（勿跟“走时付账”计划混为一谈），我们已经考虑了一年左右，现在准备好拿出我们的结论了。我们相信扣缴不是收税的好办法，即使数字有可能显示这样做有效果。这种方法不好，因为它暗示个人没能力处理好自己的事情。政府等于是说：我们知道如果让你随心所欲的话，你就会挥霍掉你的财产，到了该交税时，你却没钱了。或者是说：“我们不能肯定你会老老实实申报收入，所以我们只需要在钱到你的手里之前把它拿过来，这样就省了你的事，也不用为了是否诚实而受到煎熬了。”这种暗示传播开来并非好事，因为它跟久远的美国理论——即个人的确是很能干的小人物——反其道而行之。我们民主政府的整体构建，就是先行假定公民既聪明又诚实，至少像某种普通股一样极为可靠。依我们所见，如果你开始把他当作较次一级的什么来对待他，你就开始有麻烦了。既然个人不允许看到、享受和触及他工资中的一定百分比，不言而喻，扣缴税款（显然是没收性质）的策略给他贴上了粗心、大手大脚、不成熟、不称职或者不诚实的标签，要么一古脑全贴上。另外，去挣你从来不会染指的钱会带来不利的心理影响，我们认为比政府所意识到的大得多。无论如何，如果美国的个人事实上没能力自己交税，那么他当然应该被认为没能力独自投票，财政部长应该陪他进入投票间，教教他在哪儿打“×”。

指甲

涂指甲曾经被认为是放纵女人的标志，可是才过了一代人，就有了很大变化，现在有很多女孩子涂指甲，除了几块钱涂一套外，她们倒是没怎么放纵。前不久的一天上午，我们去牙医那儿清洗假牙，我们躺在那位女口腔卫生学家的臂弯时，吃惊地发现就连她的指甲也涂过了，红得就像有钱人的谷仓。这些指甲灵巧地伸进我们的口腔，我们感觉要是趁它们还伸在嘴里时迅速咬下，我们马上就会尝到龙虾的味道。不久前，我们在一间医院里抽了点血，给我们扎针的护士一手血红色的指甲，就好像她动作优美地把指甲蘸进了我们的生命之溪，就像蘸进洗指盅一样。因为最漂亮的，莫过于一只漂亮的手，我们经常纳闷女的干吗非要那样玷污自己——无疑跟有些人是出于同样的动机，这种动机让那些人糟蹋了一只小海龟漂亮的壳，在上面画自由女神像。

马唐草

随着今年的剪草工作即将结束，让人高兴的是，前不久有天上午在《论坛报》上，看到了一封为马唐草辩护的信，写信人为吉尔伯特·G·布林克霍夫，是位退休教师，住在新泽西州莱德伯恩。这封信是我们几周以来，读到的第一封具有独创思想的信。在美国的私房业主中，大概只有布林克霍夫先生一个人给马唐草和他自己解脱了压力：他终于发现完全不用理会那玩意儿，也能活得好好的，没必要跟它做斗争。布林克霍夫已经有了一片草坪，百分之百是马唐草，能够破坏草坪可爱的绿色表面的其他草种一根嫩茎也没有，他说这样一块草坪很美观。这项发现将对斯考特草坪公司产生何种影响，被激怒的莱德伯恩公民会采取何种措施对付布林克霍夫先生——这些都在猜测之列，然而在美国，至少有一个人的精力不会以愚蠢的方式白白流走，他能够站直了面对问题。我们钦佩布林克霍夫，愿他颐养天年，他的很大一部分时间，可以坐在阳台上的一把摇椅上，俯瞰那片野草丛生的平原。

回想往事

这是个抗生素的时代，如今就连刚生下的猪都被挪到消过毒的环境下，用实验室牛奶喂养，跟那头母猪全无联系。如今猪是被“孵出来”，而不是一窝窝生出来。喝了几口初乳后，它们就被转移到仔猪养育室，里面有电热灯安慰它们，它们很快就找到了科学的乳头众多的大乳房，喝着包治百病的土霉素、脱脂乳和浓缩营养剂。（还未能揭示有多少土霉素留在火腿和猪肉中，并到了消费者那里，导致那些对这种药物敏感的人发病，并降低每个人对某种病毒的抵抗力。）

试验以人工方法养猪的农场主已经发现值得的，是维持跟大自然的联系——以一种方式记着往事。所以现代仔猪场里，都配备了一台唱机，以适当的间隔，猪仔会听到手摇式唱机播放吸啜时的声音——母猪在出奶时发出的幸福的哼哼声。小猪有反应，被触动了，醒来，开始吃食。

人类跟自己的母亲——大自然——的分离，类似小猪跟母猪的分离。好像随着一年年过去，这种分离变得越来越彻底，也许最终会发展到需要灵光一现的关头，为了多少能把生活维持下去，我们会不得不借助唱片——对于自然世界的一些回忆，几声哼哼，把我们带回现实，让我们认可最初供给的来源，那已经快被忘掉了。

试验

今年以一个完全是试验的音符结束：弗里茨·茨维基博士上周想把几个金属小块挣脱地球重力掷向太空。茨维基博士站在新墨西哥州，从那里扔。他的装备很完善：他有一具火箭，由其携带金属小块飞行第一程四十英里，然后以高速释放，由其继续飞行。渴望用新方法扔什么东西，或者扔得更远，这在成年男人和男孩身上屡见不鲜。男孩子站在高高的桥上，顺风扔碎片，要么站在池塘边，没完没了地拿石头砸一个漂浮的瓶子或者一只死猫，仔细观察他们做试验的每一细节，想让每次扔的石头飞得都不受过去经验的影响。然后男孩长大了，站在沙漠中，还在掷东西、观察、琢磨。他们几乎穷尽了在地球上的可能，正在进入苍天，对着星星扔，让地球上的人感到害怕而且乐趣尽失，让一些科学家同行从科学转向政治，并希望自己转变得够及时。

阳光与黑暗

今天早上起得早，想做出决定是否把我们的大脑遗赠给我们的母校，他们在收集这类东西。我们突然感到古怪的是，这个决定将必须由大脑本身做出，我们别的任何一部分——脚或者胆囊——都无法参与，尽管从某种程度上说全都有关。我们的脑袋小，我们担心把我们的大脑和别人的大脑一起放在架子上，它会感到自惭形秽。上午花了一部分时间来为我们的大脑写说明，但只是写了这段：

看吧，活着的朋友，这堆安静的面条，
从整体中取出的这一套。
一个终于摘除的大脑在此搁放，
许多思想曾在上面激荡。

上午后来的时间都在研究报纸上刊登的危机，也看着我们这个城市的后花园里的苹果落地，树叶落地。这个后院把大自然巧妙地盛放于此，因此显得具有特殊价值，就好像一颗极为珍贵的宝石肯定总会以适当的方式盛放。天气晴朗，和风吹拂，小树叶一片片静穆地落下，除了不时有一阵微风吹过，引起一时叶落如雨——这是电台上的某个天气先知所谓的“戴薄手套”阵雨。喷泉里有一群鱼，在大模大样地顺着反时针方向缓缓而游，我们上方的墙上，吊着蓼藤的种子荚。我们抱怨危机，并非它如此骇人，而是它如此琐碎。和秋日上午红叶似火的美景相比，或者和南徙小鸟的振翅一飞相比，或者和空气中怪怪的菊花香味相比，以连篇累牍发表文章论之的原子弹灾难后果似乎没什么大不了的。我们仔细研究了昨天在极具影响的会议厅里所说的一切，发现每则意见都无关紧要，没有一句具有任何才能的高尚话语，没有一则从容不迫的言论或者自然想法。在打动人方面，预测黑暗的新闻标题比不上一汪阳光，它从窗户照进来，洒在标题上，将其照亮。白天的阳光——有时很难看到，看到时，却如此具有说服力。

空袭演习

警报解除的声音响过五分钟之后，我们《纽约客》这一层办公室的人都回到了工作岗位，混乱中，没有人逃到市里的另一处或者另一个星球，没有人试过延长这段休息时间来品味他的自由，好像也没人想思考此次防原子弹演习潜在的重重含义，重新悄悄套上挽具——这是要务所在。全市到处都是这样——八百万行为良好的公民，驯服如羔羊，挤在走廊上和隧道里，寂静笼罩着一切。市政府的人感到高兴，实在是情理之中。但是说真的，这种行为多么令人泄气啊！如果我们都疯狂地冲上街头，挥拳照着那些当官的鼻子打，高声质疑把我们带到这一糟糕境况的种种令人难以置信的疯狂做法，真如此，未来也许还能给人多一点希望，然而一点也看不出有这种迹象。我们只听说有一个人对八百万人像老鼠一样钻进墙里是否正常提出疑问。他走到了百老汇大街，左看看，右看看，问道："这是干吗——新玩法？"

我们十九楼的人按说要坐方便梯到十楼，我们也正是这样做的。我们兴高采烈，快活如小鸟，一次十二个人，古怪地下到保命室或称十楼的走廊。在我们这幢大楼里，从十九楼下到十楼躲避，这样做被认为能躲过原子弹——匪夷所思，不过大概跟别的做法同样有用或者没用。十楼是这座电梯重要的一站，因为是直达楼层的第一站。不一会儿，十层楼的走廊上就站满了人，电梯把乘客迅速卸下。有种不自在的欢乐泛音升高至稍为夸张的程度，就好像我们大家都喝了一杯鸡尾酒。还让人想去哗众取宠，让你想起上学时，一次火警演习突然调节了教室里的单调生活。在欢乐和闲聊之下，大家脸上清晰可辨的，是在深层流动的孤独和恐惧——小心翼翼地把想像力控制在表面，实际上，它在几英里之下深不可测的黑暗区域活动着。

我们意识到从十九楼下到十楼不是下了九层楼,而是下了八层。这幢大楼没有名为“十三”的一层,所以“十四”楼是个委婉的说法,十二层以上的其他所有楼层都不是按数学,而是按照巫术来算的。那么,我们在喜气洋洋的电梯里下降时,我们不只是要通过抄近路躲过原子弹爆炸,而且得用十九减去十得到八的结果。我们滑行经过十三楼时,看到上面用油漆写着“14”,我们想到我们能够分裂原子的科学家犯了冒进的毛病,跑到了其他人的前头。他们敢于看一眼太阳的中心,然后就鼓捣起来;可是如果他们能一直等到我们其他人能够直视“13”这个数字后再那样做,也许会是个好主意。这就是我们特殊的两难处境的真正本质。

在十楼待着的一两分钟时间里,我们试过盘点我们的人生,想弄明白是什么把我们带到这个耻辱的当口。我们纳闷被如此同声赞美的那些品质——勤奋,独创性,忠诚,信念——它们在其中有没有起到重要作用。品行良好了几个世纪,在艺术和科学方面有了几个世纪的辉煌成就之后,我们却到了钢筋水泥所建的走廊上藏身,直直地站着,在古怪的集合行动中表现得老老实实,靠近我们所爱的人,等待某种根本上的管理失误、来自远方的某种愤怒、某种残酷、暴虐行为的不可收拾的后果。

报纸上报道由于八百万人停下工作,劳动力方面损失了好几百万美元。一刻钟里,财富付诸东流。这就像不见了的十三楼,是个数学之谜,让我们茫然不解。究竟是怎么回事?谁损失了什么?怎么会有人言之凿凿地称损失了好几百万美元?很可能美元就像人们一样,并未损失,而只是困惑不已。就像人们一样,美元也一动不动地站了短短一阵子。在一刻钟时间里,没有一个公民,没有一美元做了多少事。旅行,忙碌,纵容,促销,购物——全都处于低潮。这的确怪异,但未必就是损失。联合爱迪生公司注意到用电曲线陡然下降了一下,这让股东们难受了一下,却让消费者免掉了一刻钟昂贵的用电生活。这就是那种紧张时刻(如同新年前夕的午夜时分),当时难以准确地预言会发生何事。人们如此上瘾于有事可做,突然停下来让他马上意识到有哪儿不对劲,事实上,这也许会成为某种正确之事的开端。

演习时在走廊上我们旁边的一个人——他活了下来——向我们透露,这次演习让《纽约客》亏了不少钱,因为就在演习时,有两位高价律师正在办公室,他们是按小时收费的。但是他没有说他们当时正在兜售的主意是好是坏。如果到头来发现主意是坏主意,那么他们没能开口那段时间的每一分钟都是很大的收获。我们认为对于社区损失所发表的估计损失数字很值得怀疑。谁晓得呢?也许如果世界上的每个人都静静地站上一刻钟,去看着旁边之人的眼睛,就不会再有灾祸了。

遥遥传来的猎犬吠叫声

年复一年,通过其外包装来了解圣诞节是越来越难了。我们在一间体育用品店,注意到有种小物件——一个喇叭,猎人把它凑近耳朵,好听到遥遥传来的猎犬吠叫声。现在就需要有这种东西穿过包围着圣诞节的阴暗而茂密的森林,听到无限遥远的圣诞节的声音。《平安夜》被灌了唱片,在百货商场震耳欲聋地反复播放。这首歌已经成为最大的噪音源之一,几乎就像选举之夜的喧闹和口哨声。前不久有天上午,我们乘自动扶梯穿过喇叭里播放的《平安夜》,正好在我们前面的一个男的在唱:“我永远也不会再来这间店,我永远也不会……”

圣诞节的神奇之处,在于它就像猎犬发出的遥远而且很悦耳的吠叫声一样,最终仍然能穿透表面,被心灵听到——多年以来都是如此,经过这么多蹩脚的垫场戏之后。混乱到最后,甚至那么多机巧而精致的煞风景物事也未必真的煞了风景,圣诞节有种本质上的单纯特点,这种特点是经久不变的,总是能够占据上风。有天夜里,我们跟打浣熊的猎人一起出去,我们意识到,让这些人离开温暖的家穿行在阴暗的树林中的,与其说是因为有望猎杀浣熊,倒不如是某种更具人性特点、更神秘的某种因素——更为简单的某种因素。是夜晚,是听到猎犬的第一声吠叫,一会儿听到了,一会儿又听不到。那是自然世界,看到的是其最佳和最令人一见难忘的时刻,惟有星光照耀着它,惟有心有灵犀的人才能进入。

在这个危机之年,圣诞节必须像以往一样,跟人类令人眼花缭乱的复杂性相竞争,不够正当的人类欲望和聪明才智已经创造出了一个世界,让任何简单事物都显得过时——就好像不管什么,只要是简单或者自然的,就必然是荒唐的。人类的大脑即将把部分功能交给一种高效率的替代品,我们听说有一种机器人,已经能够应付一位精神分析专家所要面对的枯燥的细节,这样,病人不再需要向一个活生生的医生交心,而是可以把自己的问题讲给一台机器听,它能够仔细分析一切,其“大脑”拥有选择能力和想像力。一件事情导向另一件事情。我们不怀疑,具有想像力的机器也会继承想像力方面的毛病。人们已经能预见到由于压力和紧张,这种机器本身就有可能在情绪上患病,最后不得不去看医生,不管这位医生是血肉之躯还是钢铁所铸。我们一贯倾向于假定这种机器跟人脑有冲突，如今担心的是它们之间难以区分。人类自己忙碌得出了名，不仅如此，他还坚持别的动物也要跟他学。已经人工繁殖出一种蜜蜂，比老式蜜蜂更忙碌。

所以今天，这个世纪向着绝对方便、绝对复杂、绝对快速的方向发展，只是偶尔举起那把小喇叭（就像圣诞节时候），让自己又想到了简单一事，并听到遥遥传来的猎犬吠叫声。人类的发明总是向前、向上，却奇怪地又引到人类本身，就像雪地上兔子的爪印最终引向兔子一样。人类身上比较可爱的特点之一，是他竟会以为自己的脚印导向外面，导向别的东西，而不是绕着小山转了一圈，又回到原来的地方。他持之以恒的雄心之一，就是乘火箭完全离开地球遨游太空，挣脱地球引力，也许尝试移居另一个星球，愉快地换个环境。他知道核时代能够释放出新能量，然而不知道到头来会否是件幸事。这一周，很多人会得到提醒，任何原子的爆炸，都无法像以欣赏的眼光看到的某个牧场池塘上的一颗星星倒影一样，能够放出如此给人以希望的光芒。我们就是在牧场池塘那里感知圣诞节的——羊群安静，世界在等待。

第三辑　美不胜收的文字世界

有本经典之作在等我去读

（向沃尔特·惠特曼致歉，另外又作为经典著作

俱乐部预备会员而写）

有本经典作品在等我去读，它包括一切，一无所缺，

然而一切皆缺，如果缺乏品位，或者得不到合适之人的首肯。

噢，俱乐部生活，会员的快乐，

噢，引人入胜之感无与伦比。

坐在一把摇晃不停的扶手椅上，

沃尔特·J·布莱克①是我的主席，

我，无条件被邀请，被热情欢迎入会，

我搂着约翰·基兰和珀尔·S·巴克②，

我的读书趣味为威廉·莱昂·费尔普斯③、亨德里克·威廉·房龙的精神所保卫，

（悲伤的兄弟们，从关于你们的记忆中，从一次次起身和我听到的召唤声中，）

我热爱的是经典著作，跟粗野的技工、美容院技师、电焊工、电台节目导演是兄弟，

（欣赏这些书并不需要高学历，）

我，好读物的鉴定家，任何地方好读物鉴定家的朋友，

我，没有义务拿起具体多少本书，任何一本想放下就放下，完全可以不读蒙田、伊拉斯默斯④、弥尔顿，

我，除了有点伤风，身体健康无比，时间紧迫，只有几年好活，
现在来赞美这一机会。
来吧，我会让这个俱乐部永不解散，
我会阅读有史以来最好的书本，
我会组织神圣的兴趣小组，
　　怀着伙伴之爱，
　　怀着对出色的委员会终生不渝的爱。

我开始向着成为一个读书破万卷的人而努力，
长期占据美国读书最多之人的名头，我的会费已交，去到哪里
　　都坐扶手椅上，在人口稠密的大城市中游荡，跟着赫卡
　　柏⑤哭泣，跟着已故的威廉·莱昂·费尔普斯哭泣，
我什么时候想取消我的会员资格都可以，
骚动的，肉欲的，理性的，
对俱乐部生活永不厌倦，
总是准备读下一本杰作，只要它经过我的主席沃尔特·J·布
　　莱克首肯，
我轻松地站在作家中间，镇定自若，
一位完美的母亲养大我，现在我属于一个完美的读书俱乐部，

---

① 应为一位美国出版人。
② 约翰·基兰(1892—1981)，美国记者、体育专栏作家；珀尔·S·巴克即我国读者所知的赛珍珠(1892—1973)，美国女作家，获得1938年度诺贝尔文学奖。
③ 威廉·莱昂·费尔普斯(1865—1943)，美国作家、评论家、学者。
④ 狄赛德留斯·伊拉斯默斯(1466？—1536)，荷兰文艺复兴时期学者，罗马天主教神学家。
⑤ 据荷马所著《伊利亚特》，赫卡柏是普里阿摩斯的妻子，赫克托耳、帕里斯和卡桑德拉的母亲。

蓄了胡须，被太阳晒黑，灰白色脖子，眼睛散光，
热爱大师，只爱大师，
（我特别渴望跟他们保持联系，）
我搂着珀尔·S·巴克，荣获诺贝尔文学奖的惟一一位美国
　　女性，
我赞美这一机会，
除非经过委员会首肯，否则我不会读一本书，一点也不会读，
因为没有委员会的首肯一切全归无用，他们的首肯你可以猜很
　　多次都不会猜中暗示的是哪一本，
缺乏可读性便什么都不是。
向上帝保证！未能按同等条件有相应版本的我一概不会接受
　　（普通版0.89元或者豪华版1.39元，外加几分钱邮资）。
我会造就互相搂着脖子、不可分离的读者，
　凭着对经典作品的热爱，
　　凭着男性对经典作品的热爱。

过街入烤肉店

（向欧内斯特·海明威致敬①）

这是我最后而且是最好的而且是真正的而且是惟一的一顿饭，珀利先生中午下来沿着四十五街破旧的人行道往东走时，心里这样想。正好走在他前面的，是前台那个女孩。我的肘尖那里有点长胖了，珀利想，可是我坐通勤车坐得好。

他加快脚步想超过那个女孩，他再次感到了那种痛苦。这一行真是糟糕透顶，他想，可是在我那样对待过别的助理财务主管之后，我谁也不能讨厌了。死了十六个，我不知道还有多少个候补的。

现在离那个女孩够近了，他能闻到她清新的前台小姐味道以及落在她头发里的棉绒。她的皮肤是浅蓝色，像马的肋部那样。

“我爱你，”他说，“我们要第一次也是惟一一次共进午餐，我很爱你。”

“你好，珀利先生，”她说，此时他走到她前面去了。“我们什么也别想。”

一对扇尾鸽从颜色灰暗的老担保信托公司那边飞过来，张着翅膀像是要着陆。可爱的一对，珀利一边走一边想。“我们去贝尔特摩酒店吧，在范德比尔特大道上，它只是接着大街的一条小巷，要么我们去施拉弗特餐馆好吗？我的老朋友波蒂切利在里面当侍者领班，他们的蛋黄酱装在长颈瓶里。”

“去施拉弗特餐馆吧。”女孩低声说，“可是我得先给我妈妈打个电话。"她走进一间公用电话亭,用手指准确而利索地拨了号码。然后讲电话。

他们继续走,她身上闻着香。她身上闻着香,珀利想,不过没关系,我为她锦上添花。我们到了施拉弗特餐馆后,我会点菜单上我很喜欢的。

他们进了餐馆。西风还在吹,吹在小甜饼的棱上沙沙作响。在电梯里,珀利要操作。"我开吧。"他对开电梯的说,"我早就弄明白了。"他一点不差地停在三楼,他们走出电梯,走进这间男士喜欢光临的烤肉店。

"上午好,我的助理财务主管。"波蒂切利一手拎着一个长颈瓶走过来。他对女孩点点头,他知道她住在西区七十几街,他对她垂涎。

"这儿可以喝水吗?"珀利问。他的眼神锐利如布陷阱的毛皮猎人,扫一眼就把餐厅内的一切收于眼底。他注意到有一张空桌和三个漂亮的女侍者。

波蒂切利把他们领到角落的那张餐桌前,在那里,珀利的侧翼能得到掩护。

"亚历山大鸡尾酒②。"珀利说,"酒要加八成六。就按克里斯的兑法。这张桌行吗,女儿?"

波蒂切利走开了,很快又回来,拿着那条印第安毛毯。

"还是那条毛毯,对吗?"珀利问。

---

① 中文的标题(Across the Street and Into the Grill)套用了海明威一部小说的标题(《过河入林》)(Across the River and Into the Trees)。

② 一种由可可香草甜酒、甜奶油和白兰地或杜松子酒调制而成的鸡尾酒。

“对，挡风用的。”领班说，他的眼睛深处流露出笑意。“还在刮西风。明天就该把野鸭带回来了，大厨是这样想的。”

珀利和那位前台女孩爬到餐桌下面，把印第安毛毯拉上来，这张毯子结结实实，把他们盖得好好的。女孩摸到了他的钱包，钱包又旧又破，里面放着他的通勤月票。“我们玩得开心，不是吗？”她问。

“是的，妹妹。”他说。

“我这儿有软壳蟹，我的助理财务主管。”波蒂切利说，“再来瓶一九二六年的吧，这瓶凉了。”

“去他的软壳蟹，”毯子下面的珀利说。他紧紧搂着前台小姐。

“你看我们要不要来份绿商陆沙拉？”她问，“要么我们暂时什么都不要想？”

“我们暂时什么都不要想，有绿商陆沙拉的话，波蒂切利会端来的。”珀利说，“季节不对。”接着又跟领班说，“波蒂切利，你记不记得我们把所有信封从仓库里拿出来，往信封舌上吐口水，然后把橡胶胶水舔吃了，直到步兵赶到？”

“记得，我的助理财务主管。”领班说。这是他们之间的一个小玩笑。

“他以前干油印很在行。”珀利对女孩说，“不过那是另外一场战争了。我让你听烦了吗，妈妈？”

“请一直给我讲你的商海经历吧，不过艰难的部分就别讲了。”她抚摸他的手，指节上有疤痕，而且因为以前油印活干过很久，指节也染了颜色。“你的两翼都得到掩护了吗，最亲爱的？”她问道，一边把毯子掖紧。他们感觉亚历山大鸡尾酒已经进入了他们的眼球。

“施拉弗特餐馆是个好地方，而且我们过得开心，而且我爱你，”珀利说。他又喝了一口那瓶一九二六年的蛋黄酱，小心的一大口。“管仓库的人很英勇，”他说，“但是在这个职位上很难活得久。正好在仓库外面，有一个后面光秃秃的小小的高脚柜，挡着正在运进来的东西。去他妈的。突破的时候，女儿，你首先要解决掉篮子和笨蛋。自始至终，他们一直用带子封着太平梯。他们还用旧的生产订单来轰击你，很多是由负责销售的总经理批准的。我让你听烦了，今天我不会谈论负责销售的总经理，因为正在放置诱鸟的那个侍者无疑在偷听我们说话。”

“我要把我的钢琴送给你。”女孩说，“这样你看到它就能想起我，这会是你我之间的信物。”

“打电话让他们把钢琴送到餐馆吧。”珀利说，“再来一瓶，波蒂切利！”

他们喝掉了酱汁。钢琴送来后，却弹不响，琴键牢牢粘到了一起。“没关系，我们就把它留这儿吧，表妹。”珀利说。

他们钻出毯子，珀利给他们的侍者正好百分之十五的小费减去代缴税款。他们把钢琴留在餐馆，坐电梯下去，然后出去，然后拐上第五大道又老又硬又破的人行道往南向四十五街走，那儿有鸽子，空气清新得就像你爷爷用过的榴弹炮。西风还在吹。

我坐通勤车坐得好，珀利想，一边看看他的手表。他感到了要再次回到斯卡斯戴尔①时一贯会有的痛苦。

① 位于纽约市北郊的一个镇。

书评

（《马拉巴尔农场》，路易斯·布罗姆菲尔德①著）

马拉巴尔农场是我心目中的农场，
很大程度上，农场上该有的它都有：
美丽、紫苜蓿，永远不停滞，
极短时间内就改进了土壤。
耕作上远非正统，
像村庄一样人口众多，
种东西，写东西，
田地变得葱郁，以前曾不宜耕作，
布罗姆菲尔德地产，不管地势高低，
都比科尼岛②更丰富多彩。

布罗姆菲尔德初到快乐谷时，
土地硬得像保龄球道；
他撒石灰肥料，种下苜蓿。
苜蓿长出后，他又把苜蓿埋到土下。
远近的人都来看，
一个写东西的人所做的事。
他越是把土地变肥沃，
他的出产越令人赞叹，

每有一块土地变得适于耕种，
布罗姆菲尔德就会再增加一头家畜，
这头家畜会在他之外增加粪便，
如此这般——直至无穷。
结果证明一位小说家用了心，
能让一条山谷像玫瑰一样盛开。

马拉巴尔农场是我心目中的农场，
一个生机勃勃的地方。
一座总处于某种兴奋感的农场，
不过布罗姆菲尔德这里**确实**很繁忙。
每趟火车都带来陌生人，
布罗姆菲尔德建柱廊以遮雨，
山猫叫，割草机割草，
客房人满为患，
房子的每间房里都有条斗拳狗③，
奶牛听着勃拉姆斯和施特劳斯挤奶，
小孩们坐着运货车和箱式雪橇到达，
粪便多得让布罗姆菲尔德用不完，

---

① 路易斯·布罗姆菲尔德(1896—1956)，美国作家、记者。著有四部曲《逃亡》，其中第二部《初秋》获普利策奖。他当了九年驻外记者后返回俄亥俄州，在卢卡斯附近购下一个有1 000英亩土地的农场，以印度西南沿海地区命名为“马拉巴尔农场”。《马拉巴尔农场》出版于1948年，其中对马拉巴尔农场这个科学农场及作家、演员聚会地作了描述。(根据《新英汉美国小百科》，陈安著，上海译文出版社2000年版，130页。)
② 纽约市布鲁克林区南部的一个海滨游憩地，原为一小岛。
③ 一种德国种的短毛狗，因开始争斗时举起强壮的前爪似拳击手而得名。

水手，小号手，神秘主义者，演员，
他们都想开拖拉机，
他们都急着想剥玉米，
有些人通宵达旦小口喝酒，
大家都给蔬菜汁装瓶，
戏剧制作人跟诗人打斗，
斗拳狗跟圣伯纳德狗打架，
斗拳狗玩汽车的刹车杆，
失控的汽车冲进湖底，
布罗姆菲尔德潜水去救斗拳狗，
行驶的运货车装满少女，
人来人往，
一切都多产，一切都在生长，
池塘里有鱼，别的鱼在引诱，
逆浪而游，繁殖，
整个地方处处是人和宠物，
田鼠在收音机里做窝，
猫在马槽里，老鼠在角落，
出版社细察天空寻找书本，
收获版税，收获谷物，
布罗姆菲尔德的方法证明是可靠的，
土壤变肥沃、变厚而且易碎，
布罗姆菲尔德打电话，布罗姆菲尔德晒干草，
布罗姆菲尔德看着覆盖层腐烂，

妇女们忙着剥豆，
梓树上有珍珠鸡，
噢，布罗姆菲尔德的山谷赏心悦目，
鹌鹑和兔子，斗拳狗，野鸡。
在马拉巴尔几乎每天，
都能看到出生和成长，看到死亡、腐烂；
夏天结束，叶子在落，
约请做讲座，长途电话。

马拉巴尔是我心目中的农场，
它是证明活泼的地方。
一片肥力耗尽、贫瘠或者懒惰的土地，
几乎把L·布罗姆菲尔德逼疯；
不管雨是大是小，
布罗姆菲尔德都在忙着恢复土壤；
从猪食地到低洼，
土壤应该有的，他都弄来；
除草剂，壮苜蓿的肥料，
布罗姆菲尔德对土地全面改造，
加点钴，加点硼砂，
不够吗？他再加一点，
做什么都不厌其烦，
几乎每一样都有双倍回报：
肥肥的漂亮小牛给骗子卖去，

不错的高额的发票来自哈泼[1]。
多数人把干草割了再加工，
布罗姆菲尔德割了就摊在那儿；
每当他等下雨等得不耐烦时，
他就改种常见的谷物；
每当他的心情有一点点沮丧，
他就必定去为另一块土地施肥；
他从来不撒土末，从来不喷水，
他的土壤保墒许多天，
现在如果拿锄头挖开一片种花的地，
你会看到好土怎样能留住雨水，
在房子那边，你会发现琼·芳登[2]也在。

马拉巴尔是我心目中的农场，
是全国最绿的地方，
它用有机肥来改造土壤，
它最接近有计划的恐慌感。
布罗姆菲尔德借着任何老式光亮收割，
上午是太阳，晚上是月亮，
是我们写作之人中最不知疲倦的，
他有时一直收割到十点半；

① 指美国哈泼家族，该家族出现了许多画家和出版商，他们建立了哈泼兄弟公司并创办了《哈泼氏》杂志。
② 琼·芳登(1917—2013)，美国电影演员。

有一个可靠的计划，用好的废物来当覆盖物，

他截住沟沟壑壑。

我想全世界都最好来看一眼，

看一眼路易斯·布罗姆菲尔德的新作；

一个人不一定非要无所不知，

才能看出他做得对——我们的土地不足。

我们已经掠夺了这个可爱的地球

无比珍贵的成分，

比路易斯更努力地把才能

用于恢复平衡的人太少；

尽管他的耕作活动远非是默默无闻，

布罗姆菲尔德有勇气去尝试。

像他的那样一本书造福无穷，

他已经完成的，我也想做一做。

三句话不离本行

诗人

现在正是诗人们忙碌的时候。每封信都似乎带来某种新的令人激动之事,带来让人高兴的某种新计划:一届诗人大会即将召开,一部美国男诗人的选集即将杀青,还有盖利昂出版社的盛举——即将推出《美国诗歌名人录》,根据我们收到的他们一封信中所言,这会是"关于全部重要诗人的完整名单"。正是上述最后一项计划,唤起了我们的想像力,让我们也来支持此事。谁是重要诗人,谁是次要诗人这一问题,长期以来困扰着美国文学界,让诗人们精神紧张。编辑们处境尴尬,由于他们判断错误给别人带来痛苦,弄得他们忙于道歉。这个问题一直让整个诗歌界很是动荡不安,产生不了好结果。幸好,这种日子很快即将结束:美国将有一份权威的重要诗人名单,在遇到一个身份有疑问的诗人或者弄不准一首诗的水平如何时,可以参阅《美国诗歌名人录》,来发现作者是否已经取得重要地位。本书定价五美元。

* * *

你也许已经读到过在弗吉尼亚州,有人偷了一辆汽车的四个轮胎,却没动前排座位上的一个钱包和一枚钻戒,另外还留了张纸条:"玫瑰是红色的,紫罗兰是蓝色的,我们喜欢你的珠宝,可你的轮胎是新的。"报纸上说这是小偷亦能诗的一例,显然是胡说八道。这是诗人不惜铤而走险，甚至盗窃，只求能发表诗作的一例。显然，这一位写了东西，然后上穷碧落下黄泉地寻找最佳时机，以便让他的诗入情入景。这肯定意味着白天黑夜游荡不止，最后才发现了一辆车，前排座位上随便放着珠宝，车轮上有四个好轮胎。为了艺术，诗人可谓受苦良多。

英语用法

关于英语的用法问题，亨利·塞德尔·坎比博士在《星期六评论》上有话要说，他的话引起了我们的兴趣。在我们看来，所谓用法，很大程度上是听着如何的问题，谁都有自己的偏见、规矩和一系列反感之处。坎比博士提到“contact”①用作动词时，指出用心的作家和说话者、有品位的人都会刻意避免这样用，他们这样做，有的是因为这个词如此用，会让他们感觉不自在，别的人这样做，是因为听说我们这些敏感的文人认为这样用让人来气。说来也怪，对于一个作动词用的名词是这样的，对另一个未必也是如此。“contact a man”②让我们听着不舒服，可是“ground a plane because of bad weather”③听着挺好。另外，尽管我们对“ground a plane”没意见，可是反对说“garaging an automoble”④。一辆汽车不能被“garaged”，而应该要么是“put in a garage”⑤，要么整夜停放在外面。

① 意为“联系”。
② 意为“联系一个人”。
③ 意为“因为天气恶劣而让飞机迫降”，原文中“ground”既可用作名词，表示“陆地”、“地面”的意思，又可用作动词“迫降”、“着陆”。
④ 意为“把汽车送进修车厂”。
⑤ 意为“送进修车厂”。

如坎比博士所指出的，“ain't”①的流行，对语言是项重大损失。装得规规矩矩的人、老师和潜在的语法家都已经认为它是无知和缺乏教养的标志，而事实上，这是个方便的用词，经常用在别的词都没法用的场合。“Say it ain't so”②是个正确无误的短语，怎么都不能说错。人们害怕单词，害怕犯错误。有一次，一家报纸派我们去一间停尸房写篇关于认一具女尸的故事。一个据信是她丈夫的人被领进来，有人把被单掀开，那人痛苦地看了一眼，哭着说：“My God, It's her!”③我们报道这件哀事时，编辑尽职尽责地把这句改成了“My God, It's she!”

英语这种语言，总是伸出一只脚来绊人。每星期我们开开心心地写东西时，都会被绊倒。甚至坎比——这位小心翼翼、经验丰富的行家——在他自己的评论中也被绊倒了。他提到“the makers of textbooks who are nearly always reactionary, and often unscholarly in denying the right to change to a language that has always been changing ...”④在这里，不声不响闪现在两个“to”中间的“change”意外地破坏了整个句子，甚至把这个短语倒装用也无济于事。如果他以“In denying to a language ... the right to change”开头，就会写成这样：“In denying to a language that has always been changing the right to change ...”英语的用法有时不仅仅是个品位、判断、教育的问题——有时候纯粹是运气，如同过马路一样。

---

① 意为“不”。
② 意为“（就）说并非如此”。
③ 意为“天哪，是她！”但语法不正确，后面的“My God, It's she!”同此义。
④ 意为“教科书编写者几乎总是逆潮流而行的，经常有失学者风度地否认有权改变一种始终处于变化中的语言”。

尤斯塔斯·蒂利[1]启程去游

尤斯塔斯·蒂利先生离开本市前夕，我们去看望了他——如他所指出的，这是他“首度”离开。在这位风度翩翩的老先生的广场酒店的套间里，我们见到了他，他的旅行箱已经收拾好，他的哀鸽[2]用带点的细薄布包着，他的头浸在坐浴盆里，最后再用洗发精洗一次，这里到处散落的东西，都一再让人想到他的上流社会出身：矮屉柜上放着一瓶冰镇的塔维尔葡萄酒，雕花玻璃碗里放了一把石竹花，一个带银扣子的相册，他的社保卡用针绣复制并装框挂在墙上。我们恳请他拨冗接受采访，以便刊登于“城中闲话”栏目（或者法国人所称的“Mumures de la Ville”），他勉强同意。

我们问他要去哪里时，蒂利先生闪烁其词。“这个嘛，你得对我动刑。”他冷冷地说。

我们就对他动刑了，把有水的时髦地方说了个遍，却未能得到答案。

“你说你要去一个有水疗的地方吗？”我们大胆猜测。

“那里有一点点可以水疗的，有一点点峡谷。”这位著名的纨绔子弟说。

“噢，白山[3]。”我们说。

“算了吧。问我当下的事，比如普通的粮仓。”蒂利先生拔掉坐

---

① 尤斯塔斯·蒂利为画家雷·厄文笔下的一个漫画人物，最早出现在《纽约客》创刊号封面上，形象为一个戴高顶礼帽的花花公子，后来又多次出现在《纽约客》封面，被认为是该杂志的象征。
② 一种分布于北美的野鸽子，长有灰褐色羽毛且能快速飞行，以悲哀的叫声而闻名。
③ 白山位于美国东北的新罕布什尔州和缅因州，开辟有国家森林公园。

浴盆的塞子,坐到梳妆台前开始梳头。

“你干吗要走?”我们问。

“我要说部分是心血来潮,部分是事不宜迟。”

“你是说你急于避祸吗?”

蒂利先生不觉把梳子掉到大腿上,他半转过身子,在窗户透进来的光线照耀下,他的庞然身躯轮廓清晰。

“我们生活在一个新世界上,”他说,“圣伯纳德犬在咬死小姑娘,书本,或者冒充是书本的,在用缩微胶卷拍下来。有一处墓地我想去看看,”他又说,“一个小树林,古树遮盖着坟墓,把树荫投在不知其面的死者身上。亲爱的小伙子,这些树的枝杈因为上面装了喇叭而现出生气。我相信那儿叫上蒙特克勒尔。这是我要走的一个原因——我要趁我这把骨头还有劲儿,去完成几次跟死亡有关的朝圣。另外,前不久我收到了一封信。”他故作神秘地看了我们一眼。

“你是说里面有威胁的话吗?”

“噢,天哪,没有。”蒂利说,“它发自某个区域经理的办公室,开头是这样的:‘亲爱的蒂利先生,拿两块金属在一起摩擦几秒钟。’你看,我该走了。”一位服务员端着一块珍珠鸡肉冻进了房间,在蒂利先生身前身后咕咕哝哝地说话。一只苍蝇绕着服务员嗡嗡地飞。

“另外还有些我想考虑的事,我不在市里时,可以更容易专注的事。我想考虑一下威尔·罗杰斯①的纪念馆。”

“为什么?”我们问。

“我不知道为什么,”蒂利不耐烦地说,“我只知道什么是我想

① 即威廉·罗杰斯(1879—1935),美国幽默作家。

考虑的，威尔·罗杰斯的纪念馆是其中之一。我需要时间来研究英国的离婚法，普通的粮仓（你们忘了问），诺普夫公司出的关于一个过得开心的人的新书，蝗灾，希特勒对于他不理解的一切都禁止。我也许会参加一次高尔夫球锦标赛，当然用我的旧铜头高尔夫球杆。另外我很想再次听到世界上最野性的声音。”

“你是说灰狼？”我们说。

“我是说鸡鸣。”蒂利厉声说，到这时，他的激动溢于言表。“我需要时间来考虑很多人，活着的和死了的：珀尔·怀特，‘校童’克力科摩尔，伊戈尔·西科尔斯基①——我一数就停不下来了。我想考虑夏天时滑雪的习惯，想听到下午三点左右，一个小孩在钢琴上弹三度和弦。我会花很多时间来研究因为红灯而不得不停下的开车人的脸，在他们不满的表情中，有对工业革命的回答。你知道吗？在基督教世界，箭猪的肠子最长，要么是因为他吃很多木头，要么是这样他就能吃很多木头。这是项事实。考虑这件事肯定能学到什么。拿一个被广播公司所雇用，跟山地人签约上电台唱歌的人来说吧——随着时间推移，这样一个人会怎样进化，来跟一只箭猪的长肠子相呼应？啊，对了，该出发了。”

这位怪老头起身，打电话给行李员，把他最后要带的个人物品装进他的背心口袋。我们陪他下楼到了街上，一辆四轮折篷马车停在马路边，车夫在他的老马的头边等着。蒂利上马车就座，好多架相机在咔嚓咔嚓响。他把他的铜头高尔夫球杆拿在身侧，动作僵

---

① 珀尔·怀特（1889—1938），美国电影女演员；“校童”克力科摩尔即约翰·克力科摩尔，轮滑表演者，1937 年在一起车祸中丧生，年仅 17 岁；伊戈尔·西科尔斯基（1889—1972），俄裔美国航空先驱，他成功设计了美国的第一架直升飞机（1939 年）。

硬,像是提着一把剑。他旁边坐着一个漂亮的女孩,她欢迎他上马车,并让他舒服地坐下。

“当然,你们在想,这位年轻的女士又是谁。”蒂利粗声粗气地说,我们点点头。

“女招待。”蒂利淡淡地说,“车马出租行提供的。这个现代社会里另外一样令人生疑的奇迹。遇到紧急情况,她要走到最近的农舍,报警,让人照相。好了,再会!”车夫抽了一马鞭,几个人沿着五十九街车声辘辘地走掉了。蒂利极快地用他的铜头高尔夫球杆击打一只马蝇。我们转过身,让我们吃惊的是,在人行道上他曾驻步片刻的地方,留下了一摊泪水。

批评之两难

几年前,詹姆斯·艾吉先生为《党人评论》写了篇文章批评几出戏剧,其中包括《俄克拉何马!》,他说这出戏糟糕得他根本懒得去看。当时我们点评过艾吉先生的批评方法,他好像让评论家省得去熟悉批评对象,那种体验令人厌烦。我们本以为这件事到此为止,可是《党人评论》显然对这些问题考虑了很多,最新一期登了篇文章,为戏剧评论的这种不去观看的做法极力辩护,指出艾吉先生通过听朋友们讨论《俄克拉何马!》,而对这出戏有了判断,这种方法“科学到了极点”,他已经“从两个不同的和对其了解的角度看了这出戏,因此将其定位,就像一个测量员通过三角测量法,能画出河对岸一个无法到达的地点”。我们承认《俄克拉何马!》难以看懂,但我们认为任何一个数学家要想确定一个未知的三角形,却去问他的朋友他们认为已知的边多长,角度多大,他就甚至不能称为党人,而应当称为疯子。

事实上，我们觉得自己理解一位评论家如果从他认为可靠的不同渠道得知这是部艺术上的泛泛之作，为何会故意不去看《俄克拉何马！》。他已经将其归类于“伪民间艺术”，躲着不去看，因为他的内心深处有种担心，担心他有可能不知不觉看得高兴。喜欢某种显然是艺术上的泛泛之作，这是种会令人中气不足的体验，任何一个尽责的评论家都不会冒这种险，它会搅乱一切。当智力说“呸”而血液说“棒”时，评论家最好只是根据朋友们提供的信息，来闭门造车写评论。

持枪的作家

天纵其才的威廉·萨洛扬①最近一直在跟征兵委员会交涉，他给了委员会两个选择，要么带走他的躯体（不要干涉他的思想），要么推迟征召他的身体和思想，好让他继续以平民身份写作。“如果他们想要我这一个人，一个躯体，”他说，“那是他们的事。但是，我要坚持一件事，也就是说我是个士兵，如此而已，不能要求我写东西。”把才智跟服兵役分开的梦想，在我们很多人身上屡见不鲜，不过很少人能够像萨洛扬先生一样，带着迷人的纯真使用“坚持”这个词。而事实上，军队是世界上能够强迫一位具有独立性的作家变成宣传员或者宣传专家的惟一一种机构，军队掌握的这种权力对其也是责任重大——在我们看来，正像命令一个人参加也许无法平安

① 威廉·萨洛扬（1908—1981），美国作家，著有《我叫阿拉木》、《你生活中的好时光》等，曾获普利策奖。

返回的军事行动的权力一样。事实上,萨洛扬先生在此事上的感觉,让我们心有戚戚焉。在中士递给他一杆笔,命令他模仿一位剧作家时,我们很想也在他的那个班里。

估税

对于作家来说,生活中的一切都好像特殊的难题,几乎无法解决。拿一位正在努力估计自己税款的无薪作家来说,他的难题,就像婚礼蛋糕一样独特,而且还要复杂上两倍。如果他估计自己将几乎挣不到一分钱(这种倾向在大多数作家身上都很突出,建立在对过去的生动记忆上),这样,他会冒着精神垮掉和飞身跳楼的风险。对任何一位作家而言,预测自己正在籍籍无名地死去都是危险的。另一方面,如果他给自己打气,估计将有巨额收入,他马上就会面对讨厌的事实,即他连付首期的钱还没有。事实上,整个过程都需要对事实和想像、希望和回忆进行很微妙的调整,惟有真正具有创造力的人,才能把这件事处理好。

新闻之最

劳动节前夕,我们翻拣了桌子上的垃圾,把所有东西都扔掉了,只留下一样,觉得离不了它——这是卢修斯·毕比的一篇专栏文章,配了张迪克·曼尼①的照片。夏天臭烘烘的这几个星期里,我们一直留着这份剪报,因为《先驱论坛报》上发表曼尼的照片,为新闻业留下了一个新高度,套句现成话,就是在我们的有生之年,都无

① 似为上世纪20至60年代供职于美国戏剧界的一名新闻事务员。

望再次达到。在这张照片的配图文字中，毕比先生讲述了他在某个炎热的周末，怎样明智地待在市里以及这种经历何其愉快。根本没人打电话来，他写道。甚至迪克·曼尼也没打电话，他又写道。《论坛报》亦步亦趋，尽职尽责地找来一张曼尼先生的照片并刊登了——此人惟一的即时新闻价值，在于他**没**在一个炎热的周末打电话给卢修斯·毕比。

*　　*　　*

整个这一周，我们都在想着布达佩斯的那位有耐心的摄影师，他的光辉事迹最近在《美国》杂志上有报道。好像这位不同凡响之人在多瑙河的一座桥畔坐了三天，镜头已调好焦，快门也调好，单等哪个不开心的人跳下河。如《美国》杂志所言，他最后"得到回报"，拍到"上面的"一张快照。这样花掉生命里的三天似乎不寻常，但回报也不寻常。跟很多新闻图片一样，自杀快照完全没有内在的影像价值（半空中的一个斑点是人的身体，也同样可能是个裁缝的模特衣架，或者一袋锯末）；其价值，就摄影意义而言，在于如照片说明所坚称的，其真实性显而易见，换而言之，这是精湛技术的胜利。

偷拍相机对一切隐私都形成了挑战，在餐馆和剧院里，闪光灯在毫无防备的人面前噼啪作响，身强体健的海员带了器材，准备拍摄自己的船舶沉没，《生活》杂志刊登了一个正在脱裤子的胖子，这些让摄影作为一种新闻形式，处于上升势头。如今，莱卡相机放在持稳的手里，有可能像左轮手枪一样，能置人于死地，而且不受萨利文法①的

① 萨利文法为美国纽约州在一次未遂刺杀案后于1911年通过的法律，要求个人在购买手枪时，需由警方出具许可证。

限制。这样拍到的照片满足了大众的某种心理，然而有时候，摄影者的艺术中有种与其说是报道性，倒不如说是捕猎性的特点。尽管这样说，但是我们也知道即使一个站在桥上的沮丧之人，在被拍摄时未必就不愿意。

*　　*　　*

艺术之中，摄影是最为做作的一种。新闻图片杂志一直推重摄影一事，就连报纸也是。出版者和读者喜欢一起聊聊行内话。编辑一再让我们看"最佳摄影"或者"本周最佳新闻图片"，自信他的主顾在跟踪快门的每次喀嚓。就连稳重的《时报》不久前也发表了约翰·L·刘易斯①的几幅照片，并提到这些照片"未经再处理"。（竟然可以再处理约翰·L·刘易斯的照片！）《生活》杂志描写了玛格丽特·布克-怀特往飞机外面探身很远，来拍摄"第25页上面令人惊叹的照片"。在写作这行，根本不存在这种同声同气之事。我们感觉很落伍，也许没有大肆渲染我们的写作技巧，乃是犯了个错误。在我们随随便便就漂亮地用了一个独立夺格结构，或者在交稿前最后三分钟去掉一个悬分词时，也许编辑应该提示读者注意此事。作者所做的事，有很多是读者不曾意识到的，而且作者从未因此得到肯定。本段落在半暗的房间里曝光十八分钟，作者打字时往前探身很远，想着要使出浑身解数写好。

当然，摄影艺术与写作艺术也有可能是对立的。一个要笔杆者的希望和目标，是能够向读者传达一个想法或者印象，而不需要读

① 指约翰·卢埃林·刘易斯（1880—1969），美国劳工领袖，曾任美国产业工会联合会首任主席。

者意识到他克服了一系列危险或者棘手的句法难关。在摄影中，似乎目标便是去不容怀疑地证实摄影师在其创作的伟大时刻，要么在椽子上倒挂金钩，要么挤在地板之下，把镜头对准了地板上的一个节孔。

读者问题

今天上午，在《纽约客》编辑部，我们收到了一封极为友好的信，发自我们订阅的一份杂志的出版人，开头是这样的："亲爱的《时代》杂志订阅客户：如果今夏世博会期间您在纽约，亟盼您能趁便来访。身为《时代》杂志出版人，未能跟我们分布广泛的订户面对面交谈，我一直引为憾事，我也知道我们全体编辑均有此感。"

这样表达对大众的热情，让我们相形见绌。我们在自己的内心里寻找有无相应的感情，却归徒劳。单是有可能请到多少人的问题，就令人却步——有心面晤的六位读者就能坐满我们的接待室，来十二个，会占掉最大的会议室。可是跟这种情形单纯在空间上令人心悸完全无关的，是在我们的心灵最深处，一点也没有想跟读者见面的愿望——从未有过。读者跟杂志的关系很脆弱，处于微妙的平衡状态，化学上又很活跃，有时候又如此怨恨重重、匪夷所思，让我们觉得应该不惜任何代价，维持在身体上隔开距离，这种好处很关键。读者一事上最要紧的，就是不在场，破坏这一点，就破坏了一切。对编辑而言，读者一定得一直是个模糊而又值得歌颂的群体，存在于遥不可及的某处——就像对演员而言的观众，是令人晕眩的一团暗色的半人类，受到推崇和尊敬，遥远，不可侵犯。每隔很久一段时间，某位读者会不打招呼地闯进一间杂志的编辑部，要决斗或者算一笔老账，可是这种机会应该颇为稀少，而且属于例外。大体上说，如果读者终于看到他们所订杂志的具体和日常的一面，他们只会感到悲伤而已。仅有极其少数的《纽约客》读者不幸摸到了这些地下墓穴，离去时，他们感到后悔，幻想破灭。我们会永远记着其中一位所说的话——一个女孩——她满怀希望而来，想找到跟她的梦想相符的东西。“天哪，”她左顾右盼，嘴里说，“真没劲儿！”

读书之未来

在大、中学校，在当今这个音像时代，人们对读书的未来产生了疑问——印刷品是否到了穷途末路。一位大学校长说再过五十年，“将只有百分之五的人在读书”。当然，人们应当对此有所准备，可是该怎样准备？在我们看来，似乎即便一亿五千万人中只有一位会继续当读者，也值得把他照顾好，以他为核心，建起一所大学。我们认为这个并非不可能存在的人——这“最后一位读者”——在他与社会的关系上，很可能就像蜂后与蜂群的关系，别的人要很是理所当然地为了他的利益来奉献自己，提供特殊食物，建筑特别的住所。因为他结婚或者他的智力因素，会产生新型的人，通过未断的智力之链，和久远的过去完美地结合起来，让社会维持下去。然而更有可能的是，我们这些现代蜂群用同轴电缆替换了脊髓液，会试图通过音像设备来让这个种族永远延续下去，这样就不需要思想上的训练，而且已经给房间里带来了鸦片馆里那种懒洋洋的氛围。

读书需要活跃的头脑，它要求高，在理想的情形下，会最终产生一种狂喜的感觉。跟性经历一样，读书活动中，在场的从来不会超过两个人——作者是灌输者，读者是回应者。这给读书之事带来一种崇高之感和力量，是任何其他交流形式所不及的。我们认为还不如让教育者守着这一伟大奇迹，别走了歪路，因为尽管有过一些时候，书本和读书也许在教育过程中占了太大比例，然而今天已不复如此。确实，真正的读书如今很少见，从我们的造纸厂门前院子里堆积如山的造纸木材来看，人们可能以为写东西写得多，事实上远非如此。跟出版人和记者一样，读者和作者都稀有。如今我们所看到的报道，是未去事故现场的人所写，而事故现场，总是在人们头脑中更深的地方，比不穿橡胶鞋就能方便到达的地方更深。

寻章雕句

肯尼思·罗伯茨的工作方法跟我们的相去甚远，让人难以意识到我们是同行。最近我们正好在看他的书《我想写作》，对他的毅力和自律都叹为观止。想到写作，显然能刺激罗伯茨，让他端坐在书桌前，跟图书馆提借书要求，给朋友们写信，查核资料，通常都是忙得昏天黑地，从白天一直到深夜。他在家工作（他在这里能保证不受打扰），不用速记法写字，数单词，登记收到的钱，完成许多事。再回头看看自己：写东西的想法像一朵乌云笼罩在心头，让我们忧心忡忡、心情沮丧，就像夏日暴雨之前，结果是我们一天开始，吃完早饭就去躲，不是一走了之，而是去一些没劲也未能解决问题的目的地：最近的动物园或者一间邮局，去买几个纪念封。我们的职业生涯，长久以来一直是不以为耻地躲一时是一时。我们的家本来就是干扰最多的地方，我们的写作间是我们从来不去待的地方。从罗伯茨的话来看，我们推测他瞧不上这种性格及做法，主要把它视为故作姿态，当然也看作是性格上有缺陷。我们突然想到，也许我们根本不是作家,而只是个非要跟命运对着干的聪明的职员。但是记录全在那儿。甚至躺下来拉上窗帘,也不能让我们停止写作,甚至我们的家庭和我们以家庭为先也不能。我们从来不数单词,可是我们估计过一次,结果令人震惊。我们所能得出的惟一结论,就是不存在所谓的“写作者”,在你辛辛苦苦地读完了一本像《我想写作》这样一本书后,你还是连一半都弄不明白,要想努力查明,那可就傻了。

《太阳报》之死

《太阳报》之死及其葬礼让我们想到老鼠弗雷迪[1]的死。弗雷迪曾是《太阳报》编辑部的著名居民,是阿奇招人讨厌的同时代者。弗雷迪死后(跟一只毒蜘蛛狭路相逢之后),他们为它举行了军方葬礼,把它从防火梯上丢到小巷里。在一家报纸死掉时,差不多都会这样做。弗兰克·芒西[2]用话表达了出来,毒蜘蛛也是。毒蜘蛛对弗雷迪嘲笑不已:“我的足迹所到,”他说,“就有一棵野草死掉。”芒西说得稍微文雅点,一九二四年时他说过:“通过解决晚报供大于求的问题,纽约的晚报业现在发展健康。我是以一己之力解决掉那些报纸的,在纽约的新闻业,它们不再以单独的实体存在。”我的足迹所到,便有一家烂报死掉。

一份报纸的首要任务乃是生存,任何一份报纸最重要的一项事实,在于它与众不同,是由一个与众不同的人或者与众不同的一群

---

① 老鼠弗雷迪和下文中的阿奇同为美国记者、专栏作家唐·马奎斯(1878—1937)创造出的角色,阿奇为一只会打字的蟑螂,可参考本书后文《唐·马奎斯》。
② 弗兰克·芒西(1854—1925),美国出版商,他曾经推动了几家有竞争力的报纸合并。

人所拥有,这一事实(有所区别的事实)比一份报纸的规模之大、它的诚实、活力或任何其他特点都更为重要。每当有一份报纸被扼杀,或者因为人道毁灭而倒掉,这个国家的健康就会受损。关于《太阳报》被斯克里普斯-霍华德报系吞并这一事实,并不是说我们失去了一份保守派报纸或者一份历史悠久的报纸,或者一份诚实的报纸,或者一份滑稽的报纸,而是我们失去了一份报纸——合唱中的一个声音。

《太阳报》出版人的最后声明,是用很昂贵的语言所写,几乎可以解释他的报纸何以消亡。德瓦特先生说:“生产成本居高不下,广告收入却未有相应增长,导致走到这一步不可避免。”这种文字会用掉一堆新闻纸,需要很多排字工作,阿奇可以说得更简洁,更省钱。

立体

有位朋友刚从西海岸回来,跟我们说好莱坞处于休克状态——摄影机已经对准,可是没有转动,演员穿好了戏装,可是没在表演,编剧准备好了,但是没在创作,高层人员全在研究图表和征兆,他们认为敌人就是电视,要想挽救败局,只能指望出现奇迹。另外,他们很有把握地认为电影的问题出在摄影上,能拯救这一工业的奇迹是一种新技术,立体或称全景。听朋友这样说,我们设法弄到了立体电影院的两张票,想去看看是什么能够拯救电影。我们带上了太太,结果她成了完美的试验对象。看《大运河》时,她晕船了,放《阿依达》中凯旋一段时,她睡得正香,在飞机飞越落基山脉时,她离开了电影院,她说要是她想坐飞机飞越落基山脉,要跟一个知道怎样开飞机的人去。

显然，当下好莱坞在考虑之后的意见，是银幕与观众距离太远，一旦在这条沟壑上架好桥，这一工业就会复兴。(狮子一跳必须跳到你的大腿上，吻一定要吻到应该吻到的地方，即在卖票处掏了钱的人们的嘴唇上。)艺术就是感官刺激，这是典型的好莱坞想法，谁都不会觉得吃惊。至于我们，我们守着一个信念，即电影业需要的是好电影。电影从业者的目标，应该是营造出一种精神体验，就像人们读一本了不起的书或者观看一出了不起的戏剧时那样——这是种由于间离而产生的参与感，而不是身临其境。我们开始认为伟大的电影在技巧上尽管不脱好莱坞，其志向却已经将其超越。一个人除非在志向方面不出问题，否则事业成功的希望会相当渺茫。

计算器

芝加哥的一位出版商给我们寄来了一台便携式计算器，可以用它来测试我们的作品能否被读懂。这种计算器由通用汽车公司所研制，他们不满足于奉献给世界一种凯迪拉克车，现在又梦想能让人们通晓一切。这台机器(只是一块有刻度盘的赛璐珞卡片)被称为“读易计算器”，可以显示出四种“读易”程度——“很容易”，“容易”，“难”，“很难”。你数一数单词和音节，调好刻度，指针就会让你知道是否有人能读懂你所写的。另外还附了一份说明书，我们在掌握要领后，马上测试了说明书本身，来看看**那位**作者做得如何。可怜的家伙！他在封面上的大作经过测试，结果是“很难”。

我们下一步，是研究计算器上的第一条短语：“怎样测试读物的读易。”当然，没有读物的读易这回事。有读什么自在的问题，但那是读者的，而不是读物的状态。因此，这种计算器的发明者和销售者因为一份“很难”的说明书和一个经不起推敲的短语而出师不利,他们的一只脚,已经缠进英语用法的荆棘丛中。

说明书作者不仅在封面上成绩糟糕,而且在内文的一篇文章中,在谈到怎样提高你的作品质量时,使用了“拟人化”一词。一个喜欢“拟人化”这个词的人有权选择用词,但我们怀疑他是否有资格给写作者提建议。“无论什么时候,只要可能,”他写道,“通过把文章写得面对读者,将你的作品拟人化。”至于我们,我们宁愿给我们的祖母打蜡,也不愿意把我们的作品拟人化。

在装计算器的同一个信封里,我们还收到了另外一份写作培训材料——一本名为《怎样写得更好》的小册子,作者鲁道夫·弗莱什。我们也研究了这本小册子,它马上就展示了英语野马般的能力,能把任何一个过于自信跨上马鞍的人颠下来。这种语言不仅能把骑者甩下来,而且会用上千种花样把他甩下来,一种比一种用得起劲。弗莱什博士在马鞍上仅仅待了一会儿,在“写作之前先考虑好”的标题下,他写道:“要考虑的主要问题,是你的写作**目的**。你干吗要坐下来写作?”回声有言:先生,因为坐着比站着舒服。

通过书面语来沟通,此事比弗莱什博士和通用公司想像的更微妙(而且更漂亮)。他们声称“一般读者”只能阅读测试结果为容易的,作者应该在此水平或者之下进行写作。这是个自以为是并且具有贬低性的想法。根本不存在什么一般读者,往下向着这个神秘的角色探手,就否认了我们每个人都正在往上,在上升。(对了,“上升”是弗莱什博士建议写作者避免使用的词,过于少见。)

我们的信念是,哪位作家都不可能改进他的作品,除非他能抛弃那个听着不错的想法,即读者是弱智。因为写作一事关乎信仰,而非语法把戏。上升,这是问题的核心。如果一个国家的作家在跟着计算器往楼下走,这个国家就没在上升——如果你能原谅这一用词的话——一位作家,如果对这条线的另一端那个人的能力有疑问,那么他就根本不是作家,而只是个工于心计的人。电影业一早就认定通过有意下降到更低水平,便能扩大沟通,他们骄傲地往下走,直到进了地窖。现在他们在摸索着寻找电灯开关,希望能找到出路。

我们认真地研究过弗莱什博士的指导意见,可是在这些方面,我们回到了更早的一位美国人,他对写作抱有更大的耐心、更强的信心:"我最担心的,"他写道,"是我表达的还不够**过火**呢,我担心我的表达不能超过我自己的日常经验的狭隘范围,来适应我所肯定的真理……为什么我们时常降低我们的智力到了愚笨的程度,而又去赞美它为常识?最平常的常识是睡着的人的意识,在他们打鼾中表达出来的。"①

把这段在你的计算器里测一下吧!也许结果是难,也许结果是易。可是它写得浑然一体,而且将会流传千古。

捉刀

本月,华盛顿特区的美国大学开了一门捉刀课程,那些梦想是代人立言的年轻人可以为实现宏图而迈前一步,报名学习。他们的梦想是古怪的,可是当今就是个古怪的时代。有些大学迟早肯定能把一位诚实的女士变成一个捉刀者,在这一点上,大概也不会比春

---

① 此段引自亨利·戴维·梭罗的《瓦尔登湖》(徐迟先生译文)。

季橄榄球比赛还要糟糕。将在美国大学讲授这门课的沃尔特·P·鲍曼博士指出时至今日,捉刀者不可或缺——“不可或缺的匠人”,他这样称呼他们。如果这门课会面对现实,鲍曼博士想来不会犯下亲自备课的失误,而是会在教工中找一位幕后之人为他准备材料。在学生这方面,也不会浪费自己宝贵的时间来学习备考,而是会找一个聪明的大一学生来替考。我们一直纳闷的是,对于捉刀这样一门课程,结业考试怎样安排才算恰当。西拉诺·德·贝热拉克①——这位早期捉刀者——大概可以成为榜样。如果让我们来开这门课程,作为通过考试的条件,我们会要求每个学生在参加决斗时谱写一首情歌。

鲍曼博士说:“我们所听到的杰出演说中的绝大部分,都是全部或者部分由幕后人员所撰写,我们该承认这一事实了。”好了,谁都承认这一事实,即公众人物撰写演说稿时有人协助,但演说是不是“杰出”,则是另外一回事。罗斯福是个杰出的人,而且是个出色的演员,可是在我们看来,他的演说很少是杰出的,而是觉得那些演说正如其本质——直至字斟句酌提到上帝的最后一句,都是流畅、精心谋篇和言辞大胆的。因为电台和电视台的本质,实际上现在所有公开场合的讲话全都是事先写好的,这样一方面会提高表达的整体水平,摈除那些夸夸其谈者,但又降低了成为杰出演说的可能性。杰出的演说须有其人特色,是他的一部分,就像他的眼珠或者肠子一样。如果林肯在撰写葛底斯堡演说中有人相助,那段话几乎肯定

① 西拉诺·德·贝热拉克(1619—1655),法国剧作家,经常参加决斗。

会这样开头:“八十七年前……”①——显示出正是有人捉刀。

许多年前,我们在捉刀的世界里有过两次短暂经历。有人想打动某个辛迪加购买一个模仿 O.O. 麦金泰尔风格的专栏,就把写专栏样稿的活转给了我们,他说他自己忙得没时间写。(竟然忙得没时间模仿 O.O. 麦金泰尔!)我们当时很闲,就写了那篇专栏样稿,让别人在上面署了名。我们感觉自己像幽灵,但没有不开心,很快,那家辛迪加本身也忙得没时间写支票了,这项大业就此告吹,也活该这样。还有一次,在为一位广告人工作时,他有汽车厂客户,我们听说某间汽车公司的总裁忙得没时间为公司刊物写一篇圣诞贺文,我们就写了,总裁署了名。这次又是天道有常:这篇无心的伪作,跟圣诞精神相去实在太远,想来被美国大众察觉——他们对此类事情极为敏感——人们不再购买那一款汽车,现在这家公司已经不复存在,也活该如此,尽管我们曾经用一首诗来挽救它,里面有这样的句子:

“大清早我们便上路,
保险杠带霜,喇叭嘟嘟响。”

美国大学如果想致力在课程中增加捉刀培训,也许不久就得决定想在这片幽暗的丛林中走多远。最近,《华盛顿邮报》上刊登了一则广告:

① 此处原文为“Eighty-seven years ago...”,实际上林肯演说词的开头为“Four score and seven years ago...”,意思虽相同,但用词较特别。

“忙得没时间画画？致电捉刀画家公司吧。我们来画——你签名。何不开一场画展？”

后来发现此项大业的幕后之人，乃是惯于讽刺的休·特洛伊，但是大家都别上当。特洛伊先生的玩笑直指问题之本质，他本来是开玩笑的话，却有脑袋清醒的人热忱地付诸实施。从根本上说，我们发现这个捉刀世界令人泄气的一点，不在于这里是明明白白不诚实的区域，而是整个地方都有种对于忙碌的美国式崇拜。太忙而没时间写作。林肯心里考虑的事情大概和那位汽车公司总裁考虑的同样多，但在必要时，林肯拿出一杆铅笔独自撰稿。尽管今天有电子产品，可是林肯的技巧在现在跟当时同样管用，然而今天很少人有那种胆量或者独自任事的魄力了，他们都太忙于请他们的捉刀者共进午餐，请他们代替自己写作。

孵蛋

一只孵蛋的鸟警惕心极强，这是默默散发热量和耐心上的奇迹。面对一只抱窝之鸟责备的目光，你几乎不可能感觉坦然，无论这种责备有多么不公平。这也许是因为那只鸟的用心是纯粹的——未被孵化的期望所玷污。（在一个蛋的蛋壳破开，出来一只雏鸟时，最吃惊的是雌鸟。）鸟的这种经典姿态，是创作者完全无望企及的：我们所见的抱窝的艺术家，都是在心知肚明的情况下，抱有一丝狡黠的期望，才有可能去孵蛋。

感恩之时

刚好在感恩节前夕收到了《老农夫年鉴》，里面把我们的幸事列成表，并且预报来年新的幸事。毕竟，知道一个人下次生日那天的满潮时间和海象的妊娠期是有用的。"期待天气晴好，然后有雨或雪。"这是条好建议，我们准备接受。

这本《年鉴》融天文学、预言和哲学于一炉，让人读来愉快，中间随意插了几张照片，还有一份香蕉炸面包圈食谱。这是一张关于事实的时间表，你几乎能听到天体出现在它们要停靠的小车站。104 页上，天文学家讨论了黎明、黑暗和黄昏的长短。可是你早在还没读到 104 页时，一月份的诗人就已经细察过黄昏：

且问那么多坍塌和混乱又在何处，
因此产生的灰尘遮蔽了太阳……

天文学家担心黄昏的长短，建议我们"减去黎明时太阳升起的时间"，"加到天黑太阳落山的时间上。"怀着同样担心的诗人说得更坚决：

选好立场拭目以观
听到那句震慑的低沉话语
那些疯狂的、吓坏的和荒唐的
坍塌的混乱转身便跑。

这不只是条好建议，而且令人兴奋。可以放心地接受下来，不用考虑方位、假期、高水位的高度和天气。

当然，要选好立场的问题是自由。全世界各地，自由都岌岌可危，人们在搞破坏，让这个地球不如现在宜于居住。未来十二个月的日出日落时间表几乎是惟一一种不会出错的商品，我们为此感谢上帝。每天早上，我们扫一眼政治天气图，看有没有放晴的迹象，可是我们觉得很可能会遇到下雨或下雪。但是，我们最近读到了 E·M·福斯特①的几句话，写于令人难忘的 1939 年一年将尽之时。这些话言犹在耳。他说的是震慑的低沉话语。热爱民主的福斯特先生看出世界上有种最优秀的人——心灵敏感、考虑周详和有勇气的最优秀的人。根本不是独有英国人如此，他认为成员遍布各地——在所有国家、所有年龄段——"他们见面时口不言而心灵相通，他们代表的是真正的人类传统，代表着我们这个特殊的种族永远会战胜残忍和混乱。"他写道，他们的勇气不是出风头，而是忍耐。

福斯特先生在 1939 年时并不乐观，可是他稳稳抓紧了手中的笔，抽时间冷静而欣赏地写到了心灵敏感、考虑周详和有勇气的人。他觉得"既然到处都有这种人在活动"，尘世生活的试验绝不可以贬之为失败。他在 1939 年的话，让我们在 1951 年感恩，我们提议赶紧吃口火鸡，选好立场，且拭目以观。

① E·M·福斯特(1879—1970)，英国小说家。

闲话幽默①

分析家曾企图分析过幽默，这类诠释性文字我读到过一些，然而并未有茅塞顿开之感。你可以像解剖青蛙一样解剖幽默，可是对象在解剖过程中就死掉了，除非你抱着纯粹的科学兴趣，否则看到那堆内脏，肯定会觉得扫兴。

前不久，在一间放映新闻短片的电影院，我看了一部关于某个人的片子，他把吹肥皂泡本领推到了前所未有的高度，已经是美国的吹肥皂泡顶尖高手。他完善了吹肥皂泡技术，将其改进、加倍、平方，甚至让自己钻进一个够大的肥皂泡，效果却并不赏心悦目。有些泡泡大得谈不上漂亮，吹泡泡的人总是跳进跳出肥皂泡，要么拿肥皂泡表演一些并不好玩的把戏，要说也只能说很令人反感，幽默就有点像是这样，不能吹得太厉害，也不能戳弄过多。它有一定程度上的脆弱性，难以捉摸，人们最好是尊重这一点。从根本上说，它是个不解之谜。一个人会笑得前仰后合，大笑又变成歇斯底里，不可控制，这种完全失去平衡的情况，跟人们在打嗝厉害或者猛打喷嚏时，是同样的。

关于幽默作家，有一种说法最常见，即他们实际上是很忧郁的人——心碎的小丑。这样说有一定道理，但表达得不好。我想可以更准确地说，在每个人的生活中，都始终深藏着忧郁，幽默作家也许比别的有些人更敏感，他们积极而正面地弥补这一点。幽默作家因为逆境而受益，他们总是能从逆境中获利。他们怀着善意，一路挣扎，乐观地忍受痛苦，心里也知道坏事会逐渐变成好事，他们会因此获益不浅。你会看到他们跟外语搏斗，和折叠式熨衣板以及堵塞的下水管作战，因为靴子特别夹脚（或者就像乔希·比林斯风趣地称为“tite”②靴）。他们有利可图地倾诉他们的伤心事，形式上既不完全是虚构，又不完全是事实。在这些两难处境的波光粼粼的水面之下，是人类悲哀的洪流。

几乎每个人都是某种狂躁抑郁症患者，心情有高潮，有低谷，当然你不必非得是个幽默作家，才能尝到情景或心情上的悲伤之感。但是大笑和哭泣之间，经常界限分明，如果一篇幽默文字让人产生了不可靠的感情反应，好像很可能要闯入相反区域，这是因为幽默类似诗歌，别具含义，接近真理的熊熊烈火，读者有时感觉到了热量。

世人喜欢幽默，却对其采取了居高临下的态度。他们给严肃艺术家戴上桂冠，却把球芽甘蓝发给小丑。他们觉得如果什么东西是滑稽的，就认为不能称之为伟大，因为如果它真正伟大，就应该完完全全是严肃的。作家们知道这一点，对自身的文学性一面极为看重的那些人殚精竭虑，务必不让自己的大名跟任何要么滑稽，要么轻浮，要么胡言乱语，要么“轻松”的东西挂上钩，担心会影响他们的声誉，他们这样想没错。当下有好多诗人由于不想让大众发现他们还有沉思和艰苦之外的时候，就给自己的严肃诗作署真名，而给自己的打油诗署笔名。这是未雨绸缪之举。（常常也是个坏诗人。）

---

① 本文据《美国幽默文库分库》（科沃德-麦卡恩公司，1941 年）的序言改写。——原注

② 乔希·比林斯（1818—1885），美国幽默作家；“tite”为“tight”（夹脚的）的非正规拼法，作者此处提到，可能照应的是后面所写的“方言幽默”。

我在阅读富兰克林·P·亚当斯①的几篇戏仿日记时,读到了1926年4月28日的这一则:

> 我读了H·坎比的书《写得更好》,很棒。可是他说:"对任何一个作家来说,幽默感都如黄金般珍贵。"我对此断难苟同。因为依我所见,积聚了最多黄金的作家根本就没有幽默感;我还认为他们有的话,对他们来说是件可怕的事,因为会让他们下笔艰难,甚至完全不再写作。因为在写作中,更应当珍惜的是感情,而不是幽默感,两者时常有冲突。

此言不虚。这种冲突是根本性的。拿某个感情丰富的人来说,他创作时一直会有这种危险,即某一时,他内心或者正在构建的段落绷不住了——绷不住又变成窃笑。那么,这就是冲突的核心所在。一个人怎样对待这种不请自来的窃笑(在这点上,也许很像一声啜泣)决定了他的命运。如果他忍住了,掩盖了,把它毁掉,就有可能让他的建筑计划不受妨碍,挽救他的大楼,世人便永不知晓。但是如果向其屈服,他就变成了幽默作家,弄臣帽子的硬檐在他眉头上方永远留下了印记。

我觉得随着时代变迁,幽默的地位必定有所变化。莎士比亚时代的宫廷弄臣完全无社会地位,根本不比男仆强,可是他的确有其艺术地位,会有人相当认真地听他说话,因为有种言之有据的意见,称他身上的某处藏有真理。艺术上,他大概比今日之幽默作家地位

① 富兰克林·P·亚当斯(1881—1960),美国幽默作家。

要高，后者得到了社会地位，权势之人却没有来听他说话。（想想看，世人如果对胡说八道多少留点意，便能省掉多少麻烦！）一个歌唱丰功伟绩的宫廷叙事诗人比弄臣的地位高，也可以穿华丽服装，但是我怀疑民谣歌手更倾向是个二流配角，用歌词来谄媚君王，而弄臣则必定通常是个一流角色，用蹩脚的双关语给君王提出好建议。

在当今的大英帝国，吉尔伯特和沙利文①的那种讽刺性幽默地位牢固，《笨拙》就像西葫芦一样，具有英国特色，哪儿有英国人，这本杂志在哪儿就畅通无阻。《笨拙》的编辑不仅撰写笑话，而且还协助制定英国的法律。在美国这里，在一片流着牛奶、蜂蜜和风趣的土地上，有一个极具幽默感的民族，他们的理想是拥有幽默"感"，同时又对一切不严肃的东西疑心重重。一个美国人，不管他对自己的某方面相信与否，对拥有幽默感这一点，倒是绝对敢打保票。

弗兰克·摩尔·科尔比——本世纪初期在我国笔耕的最聪明的幽默作家之一——在一篇题为《追求幽默》的随笔中，描述了美国人怎样热爱并保卫自己最宝贵的财产：

> ……如今世上最常见的，是听到人们称缺少幽默感是致命缺陷。不管一个人有多么不苟言笑，他也会这样跟你说。这虚假之极，并且祸害无穷。缺少幽默感的生活就像少了腿一样。

① W. S. 吉尔伯特（1836—1911），英国剧作家、歌词作者，阿瑟·沙利文（1842—1900），英国作曲家，两人合作过多部卖座喜歌剧。

你被一种残缺感所扰，去不了你的朋友们所去的地方。你也多少变成了负担。但是惟一真正要命的，是你不幽默却偏要装幽默。有的人从性格上说来，就应该从摇篮到坟墓一直严肃，他们命里注定就该保持这样。只要他们保持本色，任何人跟他们在一起都放心；可是出了自己该待的圈子，就很招人烦。相对而言，性格严肃是件幸事，对生性如此的人，千万别鼓励他硬去改变。

我们对幽默赞美甚多，以至于开创了一种心不诚的崇拜，很多人打心底里讨厌幽默，却觉得必须赞美它。装作崇拜幽默，这是最深最重的社交罪过。浑身上下没有一点幽默细胞的人能够成小时地称颂幽默。人们可以招认叛国、杀人、放火、装了假牙或者戴了假发，但是有多少人能爽快承认自己缺少幽默感呢？一个人有勇气承认这一点，便可以弥补一切。

比较而言，美国的幽默作家中很少能真正扬名，好让他们像很多小说家和别的舞文弄墨者一样，名字在国内家喻户晓。马克·吐温做到了。当然，他一开始就幸运，因为他从本质上说，是个讲故事的人，他的幽默感是锦上添花。（他的幽默感也非常、非常好。）二三十年代，林·拉德纳①是职业幽默作家的也是很多其他人的偶像，可是我想这样说也并不错——即使在其巅峰时期，知道拉德纳名字的人也没有几百万，只有几千人而已，他从来不像马克·吐温那样，让所有轮船上的美国男男女女都在读他，我怀疑他也永远做

① 林·拉德纳（1885—1933），美国体育记者、专栏作家。

不到。总的说来,能让广大读者读得开心的,是那些能创造人物、讲故事的人,本质上是讲故事者。拉德纳讲故事,也塑造了几个人物,可是我认为他首先是个现实主义者、戏仿者和讽刺家,本质上不是个写虚构作品的作者。大众需要有所把握——一位彭洛德,一位哈克贝利·芬,一个兔兄弟或者一位戴老爹①。讽刺、滑稽、胡扯、戏仿和批评之类,精妙却不合大众口味,只适合智力上乘者看(要么你想说的话,适合最低智者看)。例如,克拉伦斯·戴在他才气喷涌地创作了其最佳作品《无言的思想》时,仍然相对籍籍无名,只是在他栩栩如生地创造了"老爹"这个角色后,才变得家喻户晓,人人追捧。(给那些绝不想要恼人的耽搁,想出名趁早的年轻作家提个建议:别写全体人类,就写一个人。)

我阅读德沃托所编的《马克·吐温放言无忌》时,读到了克莱门斯先生②关于一本幽默文集的一些尖刻言论,觉得有趣。这本文集是他的版权律师寄给他的,马克称它为"一部极为臃肿、粗俗、令人反感的大部头"。他没觉得有意思。"这本书是个坟场。"他写道。

> 在这个停尸的大部头里[他又写道],我找到了纳斯比、阿蒂默斯·沃德、约克布·施特劳斯,德尔比、伯德特、伊莱·帕金斯、"《丹伯瑞新闻报》人"、奥菲厄斯·C·科尔、史密斯·奥

① 彭洛德为美国作家布思·塔金顿(1869—1946)的小说《彭洛德》中的主人公;哈克贝利·芬为马克·吐温的小说《哈克贝利·芬历险记》中的主人公;兔兄弟为美国南方黑人民间故事中的一个动物角色;戴老爹为美国作家克拉伦斯·戴(1874—1935)在他的自传体小说《同父亲生活在一起》中塑造的父亲形象。

② 马克·吐温原名塞缪尔·兰霍恩·克莱门斯。

布赖恩、乔什·比林斯和几十个别的人,也许有四十个,他们所写所说曾被口口相传,现在却再也听不到,也无人提起。一百四十年间,有七十八位著名幽默作家,收获惊人,但是这本书还远未做到一网打尽。里面根本没提到以前很受欢迎,也很有名的艾克·珀廷顿;根本没提到多伊蒂克斯①,没提到普法夫那一帮②,没提到众多模仿阿蒂默斯·沃德,但是已经湮没无闻的人,没提到我想不起名字的很流行的三位南方幽默作家,也没有提到另外十几个昙花一现的过客,他们一度闪过光,但光芒已经熄灭多年。

他们为什么湮没无闻?因为他们只是幽默作家。"仅仅"是幽默作家,不可能流传下来。幽默只是香味,是装饰。它经常只是种说话和拼写方面的古怪把戏,就像沃德、比林斯、纳斯比和《遣散的志愿兵》里的那些,不久风气一转,名声也随之而去。

前不久,我一头扎到五十至一百年前,扎进这种马克·吐温认为易朽的方言幽默派,当时正是饼干桶哲学家③大行其道之时,这种幽默有时聪明,更多时候是显得聪明,如今读着却很枯燥。在我看来,这些用方言的人们的作品在阅读时,看到使用要么难以理解,要么奇怪,要么文盲式的拼法来取得幽默效果,经常一定程度上感

① 多伊蒂克斯全称为 Q. K. 菲兰德·多伊蒂克斯,为美国记者、作家莫蒂默·汤姆森(1831—1875)的笔名。
② 不详。
③ 按照美国乡镇习俗,人们爱在老式杂货铺里围着饼干随意聊天,所谈到的知识、见解往往比较简朴,被称为"饼干桶哲学",谈话者被称为"饼干桶哲学家",有谐谑之意(根据《新英汉美国小百科》,陈安著,上海译文出版社 2000 年版,233 页)。

觉莫名其妙。我是说,不是每次都能分清作者让他笔下的角色说还是写——我就觉得,除非我对读的东西至少有这点了解,否则一开始就读得不顺。比如说,这里是“汽油”V.纳斯比的作品中的几个拼写例子:他把“Would”拼成“wood”,“of”拼成“uv”,“you”拼成“yoo”,“hence”拼成“hentz”,“office”拼成“offis”。

刚好,我就是把“office”发成“offis”的音,“hence”发音成“hentz”,我甚至把“of”发音成“uv”,所以我推测纳斯比笔下的人物应该不是在写,而是在说。但是不管说还是写,何以这样误写语言,还是缺少正当理由,因为如果人物在说,这种古怪拼法就没必要,因为发音上跟自然或正常的发音几乎难以分清。究竟谁会把“of”写成“uv”呢?没有人。但凡会写字,就知道怎样拼写像“of”这样简单的词。你要是不会拼“of”,就根本什么都不会拼,也不会想往纸上写字——更不用说像“solissitood”这种词了。一个人不会拼写“of”就是个文盲,只有在万不得已时,他才会试着写下什么东西。政论、日记、信件或者讽刺性的段落,他一概不会写。

以杜雷①为例,爱尔兰方言难读,但花点力气还是值得的,读上一阵就顺了。芬利·彼得·邓恩是个言辞犀利、才华横溢的幽默作家,笔下绝无二流作品,他对他的角色心怀同情,这一点极为重要。在当代犹太幽默中,也读得出这种幽默感——在米尔特·格罗斯、阿瑟·科伯、伦纳德·Q·罗斯的作品中。让他们笔下的角色活起来的,是同情,而不是轻蔑或者讥笑。拉德纳笔下的球员得以诞生,

① 杜雷为美国幽默作家与记者芬利·彼得·邓恩(1867—1936)创造的一个人物,是个爱对时事进行讽刺性评论的爱尔兰酒吧老板。

是因为作者对球员感情深厚,不管他们显得孩子气还是愚蠢。所有这些例子中,拼写不是取得幽默效果的手段,而是为了处理好素材的必要工具,素材本身就是幽默的了。

我怀疑所有方言的东西之所以受欢迎,部分是因为恭维了读者——他弄明白复杂的错误拼写,开心地发现别人土里土气或者无知,让他感觉高人一等而得意。这不是全部原因,不过在此问题上有一定关系。顺便说一句,有位少年文学方面的权威告诉我,方言最受孩子们青睐,他们喜欢琢磨出有关单词,读懂之后,必定感到了成熟的第一缕美妙感觉——他们在智力上,比他们所看的角色更高一筹。

不过再说回马克·吐温和他深恶痛绝的那本"极为臃肿、粗俗、令人作呕的大部头"吧:

> 有人[他又写道]说一部小说应该仅仅是艺术之作,千万别在里面说教,千万别教训人。对于小说,这样说也许没错,但对于幽默则不然。幽默千万别赤裸裸教训人,也千万别赤裸裸说教,但又必须两样都做,方能流传千古。我所说的千古,指的是三十年。说教很多,极少有可能流传得超过三十年。幽默中的说教内容在说教当时还算新鲜,但是过了三十年就不再新奇,而是成了老生常谈,到那以后,谁都不会对那种说教感兴趣。
>
> 我总是在说教,所以我流传了三十年。如果幽默不请自来,我允许它在我的说教词里有一席之地,但我不是为了幽默而写说教词。不管有没有幽默申请加入,我还是会写我的说教

词。我开诚布公地讲这些自负的话,是因为我已经是死人,在坟墓里发言。就算是我,活着时也会谨慎起见,不讲这些话。我们觉得我们永远都不会实实在在地变成我们完整和真实的自己,除非死了——从死时到死后很多年才会。人们应当向死而生,这样才会一早便诚实起来。

幽默必得说教才能流传,我想我对此难以苟同。幽默只需要讲出事实——我注意到通常它也是这么做的,可是至于人们应该向死而生,这一点倒是毫无疑问。

唐·马奎斯①

在由美国作家创作的幽默作品中，只有寥寥数本在书架上地位稳固，这本关于阿奇和梅希塔贝尔的书——由那只昆虫扑向打字机键，以极昂贵的代价敲出——便是其中一本。它有趣，睿智，年复一年销行。对于销行，我并未感到吃惊，让我吃惊的只是其作者，因为我知道（或者自以为知道）唐·马奎斯付出何等代价，才写出了这些华丽而且具有讽刺性的故事。他是那种苦吟派诗人，不满意自己的作品，心情沮丧。一天到晚，他感觉日报的高强度工作把他的精力压榨殆尽，知识分子以及在纯文学方面较真的评论家也从未大力肯定过他。到头来，他筋疲力尽——钱没了，力气也没了。一九一六年的某天下午，在纽约《太阳报》的"日晷"专栏中描述阿奇出场时，他写道："经过大约一个钟头艰苦卓绝的文字工作之后，他精疲力竭地掉到地上，我们看到他虚弱地爬到用诗歌做的窝里，诗歌在那里可是多不胜数。"这句话，是唐·马奎斯在为自己写讣告。在差不多干了一辈子艰苦卓绝的文字活，源源不断给报纸供稿之后，他精疲力竭地倒下了。

继续往下写之前，我感觉有必要探讨一个令人困惑的问题。读者也许会注意到，我把阿奇和梅希塔贝尔名字的首字母大写了。之所以要提及这一点，是因为在喜欢老的"日晷"专栏的一众读者眼里，给阿奇的首字母大写罪不可赦，他们不知怎么，守着这个不合逻辑的想法，因为唐·马奎斯笔下的蟑螂无法操作打字机上的"shift"

键,别人也都不能操作。这是荒唐之见。阿奇自己也希望把它的名字首字母大写——他可根本不是 e. e. 卡明斯②。事实上,他考虑过全部用大写字母来描写自己的一生,如果他能找到人帮他锁定"shift"键的话。另外,我把阿奇的首字母大写,也有来自最高权威的支持:唐·马奎斯只要在专栏里提到笔下这位主角,阿奇的名字都由老板③本人把首字母大写,你难道还需要更高的权威吗?

想到让一只蟑螂在《太阳报》编辑部里马奎斯的打字机上留言,这是幸运的灵机一动,也圆满地解决了一个棘手的难题。马奎斯没有耐心把自己调整得轻松自如,以适应日报专栏写作的苦差,他也没有像(例如)同时代人富兰克林·P·亚当斯那样持之以恒、尽职尽责地做这件事,结果马奎斯总是在苦于找东西填版面。亚当斯是个杰出的编辑、精益求精的校对员、不错的排版员,这些角色马奎斯一样也不是。亚当斯为《世界报》撰写"指挥塔"专栏时,在一栏半的宽度内写作,并且建立了可靠而稳定的投稿者队伍。马奎斯挤在一栏的宽度内,他写专栏基本上不借助外力。他从未组织起一帮有闯劲的投稿者,也从未尝试过。他对艰苦的工作和枯燥的限制感到不耐烦,然而表达是他灵魂的需要,阿奇在他的打字机上留下的第一句话意味深长:"表达是我灵魂的需求。"

创造出阿奇——其表达方法是自由诗——部分是灵感,部分是不得已,它让马奎斯得以用短句(有时很短很短)快速填充版面,同

---

① 本篇原为道布尔戴公司 1950 年版《阿奇和梅希塔贝尔的生平与时代》所撰序言,稍有改动。——原注
② e. e. 卡明斯(1894—1962),美国作家,诗人,他坚持自己的名字要全部以小写字母拼写。
③ 指马奎斯,后文亦是。

时又让他以昆虫的方式从底层看世界，精神昂扬。甚至阿奇受身体条件所限（无法操作“shift”键）这一点，也让马奎斯免了打大写字母、撇号和引号的苦差，这些令人恼火的琐事拖慢了所有那些希望能及时精神昂扬，从而在截稿前交稿的人。在排版方面，自由诗体也解决了每位单栏专栏作者都会遇到的一行话要换行或者转页的烦恼。

阿奇以一种独特的方式，让自己为万千诗人、创作者和报纸奴隶们所喜爱，原因不仅仅是他单纯在文字方面的建树。他的创作生活中的细节，让他和写作者亲如手足。他攒足全身力气头朝下冲向一个键，我们无不如此。工作完成后，他疲惫地掉到地上。他自负（我们也无不如此），饥饿，从底层看世界，一再提起他是否应该凭劳动得到报酬的问题。他敢作敢为，目无尊长，具有革命精神（他组织了虫子体育协会），从不巴结老板，但总是向他讨吃的，总是开门见山。他看不上那些对他的写作技巧斤斤计较的人。“问题是这东西属不属于文学。”这个问题纠缠着他的老板，也纠缠着我们所有人，本书——以及它销量稳定，一直有新版推出——便提供了答案。

从某种意义上说，阿奇和他性格活泼的老友梅希塔贝尔是不朽的。从另外一种意义上说，他们跟一个时代联系相当密切——美国文学史上的一个时代，一九一几年和二十年代初期时，在新闻专栏还没有衰退时。一九一六年，他在一家日报社工作，作为专栏作家，按说需要集学者与诗人于一身——或者即使不是诗人，至少也得有一位过世诗人灵魂附体。现在，要想揽到撰写专栏的活计，只需要有个偷窥者或者三流预言家的灵魂附体即可。如今在任何一家大报上，都有很多咋咋呼呼的小丑或者蹩脚诗人写东西，但是能给纯文学添砖加瓦的却不多，当然也根本没有唐·马奎斯，要么有的话，我还没读到过他写的东西。在我看来,这是新闻界严重的退步。马奎斯先生笔下的蟑螂不只是具有创造性和幽默感的心灵自然而然的创造物,阿奇是压力之下——新闻业无情压力之下的产物。这种压力在今天跟以往一样大,然而对其态度却不同。在酒吧言谈甚欢地跟别人待过之后,阿奇经常带回一份从底层观察人生的诗人报告,今天的专栏作家在夜总会如胶似漆地跟别人待过之后,带回十几份注了水的闲话以及几则玄乎到没边没沿的奇闻。阿奇灌了一肚子葡萄酒和梦想,后来的这些蟑螂从酒馆里清醒地回来,提了一篮子废话。我想现在这十年的报纸出版者应当扪心自问,造成如此巨大退步的原因何在?

要想解释幽默,就像用几何语言解释蜘蛛网一样白费力气。在我看来,马奎斯曾经是,而且现在仍然是个很有趣的人,他高产而且作品令人满意,充满了伤感之美、低级趣味的冒险、政治智慧和大胆的臆测;充满了痛苦和欢乐,充满了下笔准确和出自灵感的写作。这本书上短短的献辞

……献给巴布斯

巴布斯知其然

巴布斯知其所以然

就是马奎斯式疯狂的典型一例,它反映了刚刚扔给出版商一本书的作者一时的绝望和来得快、去得也快的痛苦。不可否认,它有种酒馆的气息,全无虚饰以及矫揉造作,经常有此类毛病污染献辞。

回过头看,有"日晷"专栏的时候,是荒唐而愉快的时候,马奎

斯应运而生,或者说,时代为他而出现。自由诗当时蔚为风尚,从年轻的自由诗艺术家手里,涌现出了无数更具生机的散文和少量其他作品,他们突然从乱七八糟、闹腾而且纠结不清的无韵诗中,得到了令人心花怒放的解脱。招魂术让人们心醉神迷,柯南道尔爵士也跟来世联系密切,经常收到来自另一个世界的信息。那时,灵的外质①在我们所有人的脑袋边盘旋。(阿奇指出,这种东西特别管用,可以用来黏合破损的家具。)在此阶段,灵魂是以毕达哥拉斯的方式附体。那是《拍苍蝇》、跳希米舞②和地下酒吧的时代。马奎斯沉浸在这种狂欢节气氛中,这种气氛又以某种方式,全都出现在阿奇的报道中。借助阿奇,马奎斯可以写得很快,而且几乎到了下笔随便(但又不过分)的程度。在讽刺自由诗的同时,他也享受了自由诗的一些显而易见的好处。他可以一直写得百无禁忌,因为对他的情绪、偏见和意见要负的责任,都巧妙地转嫁到了那只蟑螂和那只猫身上。它们不管写得优美还是尖刻,与其个性都不相悖。马奎斯这样写了那样写了,就像一个交响乐团先是演奏得激情奔放,而后又变得甜美。

阿奇和梅希塔贝尔两位功劳卓著,让他们的老板做到了深刻而不显得自负甚或做作。他们两位联手,对老板扔过来的任何主题都来者不拒,并且的确能写出东西。题为《老演员》的一篇尤能说明这对组合做起事来无往而不能。和哀叹戏剧辉煌不再的老演员一样,身为演员俱乐部忠实会员的马奎斯无疑也是满腹心酸。不难想

---

① 据说是灵媒在降神过程的恍惚状态发出的一种黏性体外物质。
② 一种流行于20世纪20年代的舞蹈,特点是身体快速地摆动。

像他从位于格拉默西公园的俱乐部匆匆赶到《太阳报》编辑部他的办公桌前，在细读阿奇的报道时，发现梅塔希贝尔跟一只公猫住在一个戏院的旧箱子里，那只公猫把一生奉献给了戏剧，感觉现在的演员不再拥有那种精神——“他们这儿没有。”（爪子搁在胸口上说。）箱子里的对话所展现的，是一腔热情的马奎斯，从头到尾妙语连珠地开他所怀念的那些老演员的玩笑，而那只公猫的爷爷（他曾经跟福雷斯特①在同一个班子）从原来在舞台上的吊杆天桥上沦落到当替身。这是种兼顾式写作，因为有了这只声名狼藉的猫，以及她跟一个蹩脚的老演员之间的柏拉图式关系，这一场景本身就滑稽，作者成功地即兴创造出一个常见的讨厌角色，使得含意也滑稽。兼顾式写作，再加上乔治·赫里曼在兼顾式画插图。在我看来，因为把这对任性的动物画得形神兼备，赫里曼功不可没。他们拥有（如赫里曼所画）伟大的灵魂。在像猫程度上多一分或少一分，就难成其为梅希塔贝尔；而阿奇的尊容，也正是诗人兼害虫的模样。

从性格上说，马奎斯是个城里人，他的两位小朋友都属于城市：蟑螂是种极为常见的城市昆虫，猫在城市里的哺乳动物中最具土生土长的特点。跟他们的老板一样，两者都是酒馆常客。这是在美国灵魂附体的完美一例，那只放荡的猫科动物是个舞蹈家，永远是个贵妇人，toujours gai②，那只心事重重的蟑螂则是位诗人——两者都在寻求表达，两者都徒劳地企图理顺生活与艺术之间的关系，两者都一直发现两方面有抵牾。

---

① 埃德温·福雷斯特（1806—1872），美国演员，因其饰演的莎士比亚戏剧角色而著名。

② 法语，意为“始终开心”。

马奎斯从一种文字驾轻就熟地转向另一种。他是个戏仿他人作品者、历史学家、诗人、小丑、寓言作者、讽刺作家、记者。他十八般武艺无一不通，而且不止如此。在这本书里，你会找到伪装成蹩脚自由诗的散文，你会找到真正是自由体的诗歌，还会找到押韵诗。无论弹的是什么调，他总是能谱成一首歌。我认为他的最见水平之作，是《沃蒂·布里根》这类作品，作为诗歌，它像珍珠般完美，铿锵有力，又极富喜剧特点。或读或想，它都令人愉悦。

从根本上说，唐·马奎斯是位诗人，他走了诗人的朝不保夕式生活的老路。酷寒的夜晚，他跟北风之神跳舞，在缺乏写作冲动的昏昏欲睡的下午，在不想待的报纸编辑部里勉力撰稿。他写专栏写到精疲力竭时，尝试过编剧，并且小赚了一笔（靠的是《老酒鬼》），却在另外一部剧上赔得精光（关于基督受难的）。他去好莱坞尝试过，却痛苦之极、气愤之极。离开时，他的口袋里装着一首描写这个地方的诗，言辞激烈，不可能发表。生活中，他经历了一场又一场悲剧——幼子去世，第一位太太去世，女儿去世，最后是第二位太太去世，然后是他贫困交加，这些全发生在短短几年内。他从来不够强健——通常是一副臃肿、体重超标的样子，面色发灰。他爱喝酒，医生告诫他必须戒掉。演员俱乐部里有几位老年人记得那天他戒了一个月酒后来到楼下，踱到吧台前宣布："我已经克服了混账的自制力。来两份威士忌。"

我想和我们以前有过的相比，新一代报纸读者错过很多。阿奇处于巅峰时期和马奎斯在讨论"几乎完美的国家"时，作为一个年轻人有何意义，我至今仍记忆犹新。当时去买一份报纸是安静中带着激动，这在今天已不可得。

第四辑　九歌

红奶牛死了

怀特岛(美联社)——汉森·罗博特姆爵士最喜欢的无角红奶牛死了。她在韦罗农场茂盛的牧场上吃草时,被一条蝰蛇咬到了乳房。——《先驱论坛报》

敲钟吧,朋友,
这是韦罗农场上悲伤的一天:
汉森爵士的奶牛死了,
他的红奶牛,
被一条蝰蛇咬到乳房。

把噩耗传开!还有什么比被蝰蛇咬到
更突然,更让人难过?
汉森·罗博特姆爵士从来没这么生气过。

无角红奶牛死了。
草色永远青青,
蛇(低处潜行的东西)
爬过,嘶嘶作响
攻击。
如今阴影掠过草地,

韦罗的田地在休耕。

红奶牛死了，各种说法传播开来。

“让一条疯狗咬了奶头。”

“一条毒蛇咬死了汉森博士的奶牛——

损失巨大，难以计算。”

怀特岛受到打击：

草青青，分叉的鞭子，蝰蛇

一下子咬出伤口，咬破流血的乳房，

奶牛躺倒在地，

无角奶牛死了，钟还没有敲响

（韦罗农场上悲伤的一天），

汉森爵士的奶牛，

再也不能精神焕发，再也不能

充满感情地哞哞叫——

一头反刍动物与死神订了契约

被袭击、噬咬、丧命，

敲钟吧，年轻人！

海螺

把一个婴儿抱得贴近耳朵
　　就像你会拿一个海螺壳那样：
你听到许多个世纪的声音
　　预言许多个新世纪。

谁能破解婴儿的密码？
　　谁更老一点——
聆听者还是他所抱的小小分量之人？
　　被抱的还是抱的？

重访格林威治村[1]

（一首愉快的哀歌，主要提到真理、痛苦和美，并以此为序）

我年轻之时，我年轻之时，
躺在西十二街，为了真理而辗转反侧。
我玩味痛苦，死于琼斯街，
刹那间忆起第六大街，死而复生。

在我正当盛年、无比美好的年代，
我缺少舒服的铺盖，却从不缺少时间。
小巷的树栽在金子地里，
公共汽车上的女孩永远不老。

昨夜跟我的爱人一起回到这些旧游之地
去痛苦家中拜访，还想跟真理打个照面；
我跟以往一样急切而渴望地等待
按过门铃后，门厅那边传来应门的咔嗒声。
可是真理几乎不认识我，痛苦不在家
（似乎痛苦不在家的可能性极小）。
美想起了我，我们在华盛顿广场点头问候，

在韦弗利街吹来的惬意的西风里。

我注意到，她新换了发型。

① 纽约市曼哈顿下城的一个地区，20世纪初开始成为纽约市文学艺术活动的中心。

回答是“不”

乌鸦会怎样回答?
永远是“不”。

对一只乌鸦
一连问几个问题。
你会听到“不,不,不”,
或者“不,不,不”。

有时,在被问及时,
乌鸦会说“Naw”
或者“Caw”。
但是无论发音如何,
乌鸦那里
从来只有反对,否定
和拒绝。

乌鸦在镇郊开会时,
它们提出决议案,然后又否决掉。
夏天时有多少回,我因为蚊咬而早早醒来,
躺在那儿听乌鸦大声否决。

有一次,我开枪打伤了一只正在偷东西的

乌鸦

还没忘记它可怕的、难以置信地叫道

“哦,不!”

① “Naw”与“Caw”跟“no”(不)的发音接近。

核时代的窗台

我有一个白瓷碗，
　　盛着多花水仙；
香味让我完全心神愉悦，
　　芳香沁人。
　　　　（它们生长在太阳照耀下的鹅卵石中
　　　　　朵朵都像星星。）

我坐着认真看新闻
　　在我的多花水仙旁边；
我读到飞机能飞多快，
　　那并非我所愿。
　　　　（速度一途几乎已经跑完，
　　　　　我们不知道自己身在何处。）

它们生长在太阳照耀下的鹅卵石中，
　　我漂亮的多花水仙，
它们薄薄的阴影照着
　　热带鱼。
　　　　（没有动静来破坏每颗小星星，
　　　　　速度被忘到一旁。）

我会很乐意把最新型的什么
　　去换多花水仙。
科学配上了机翼，
　　现在好像在消失。
　　　　（是谁说过走得太远，
　　　　就有可能浪费心智？）

我爱这一天，这个时辰，这个房间，
　　这静谧的水仙花；
我爱房间里的安宁，
　　我爱我太太
　　　　（她生长在我的太阳照耀下的鹅卵石中，
　　　　就像一颗星星。）

尽管现代世界不再需要
　　多花水仙，
我会起身，我会去刷
　　早餐时的盘子。
　　　　（平静的心灵仍有可能比
　　　　火箭和汽车跑得更快。）

在厚毛毯之下

比赛中有人吹号。

谷地有薄雾。

达金会持球。

胡珀会踢。

小山是灰色的。

空气会变冷。

摸索。

谷地有薄雾。

球在十码线上。

他抱着球跑掉。

比赛中有人吹号。

胡金会持球，

卡斯基会踢。

你手冷吗？

你的脚呢？

德卢西换雷恩。

一年将尽。

球在十码线。

他退离争球线,扔出,
完成传球。
得分。
风在吹。
还在吹。

小山笼罩在灰色中。
有人会踢球。
有人会持球。
今年已经变老。
他们成功了。
比赛时间还剩一分钟。
往前了两码。
这场比赛已经变老。
一个阴天。
惬意、忧伤的一天。
人们走下看台。
结束了。

破坏安宁者

奶牛惬意地卧在池塘边，
　　自在，安详（除了有苍蝇）；
明净的早晨挥动魔杖
　　让夏天一天开始。

开始，噢！麻烦的开始，开始！
　　安详的奶牛，有苍蝇来烦扰，
狗有寄生虫，母鸡有虱子，
　　而人类，人类有自己永远的兄弟。

春日四点钟穿城而过时的一幕

我正经过查塔姆酒吧
　　在列克星敦大街西侧的四十九街。
一个东方人门房从隐蔽处冲出来，
　　性别上不会弄错：
一个抢眼的门房，成年男性，
有着缀反光小片的翅膀，红褐色的衣服下
一个吹口哨的门房清脆地吹口哨，
噢，听着就是一首歌！
　　嚁……嘘。
　　还有响彻天际的“的士—的士—的士”。

这个早晨被四月的细绳绑在一起，
　　酒吧里暖和，空气清新，
门房跳舞，垂下翅膀，
　　勇敢地在街上打旋。
他吹口哨叫不到出租车时，
从乱哄哄的里面，溜出一个女的，
腼腆，是个妓女——也有点放荡，
比任何的士都随叫随到。

东方人门房不再找车，
哑了两声，他们便去共宿。
　　嚯……嘘！

蜂后之歌

关于人工授精,美国农业部的一份简报上说:“蜂后在空中跟遇到的任何一只雄蜂交配,蜜蜂的繁殖一直受制于这一事实。”

空气是葡萄酒,风是自由的
早晨驻足于可爱的草地上
阳光在每棵树上荡漾,
此时,空中的爱正是我所需要——
　　我是只蜜蜂,
　　我是只风情万种、无忧无虑的年轻蜂后,
　　那就是我。

我想说我觉得真是好极了,
噢,在高空中很少见,
　　那是跟蜜蜂
　　交合的地方。
让那帮遗传学家密谋、盘算吧,
人们会觉得他们没劲;
就让他们用扇子遮着悄悄嚼舌头吧。
　　(噢,她是**那样的**吗?
　　嗡,嗡,嗡。)

我的婚飞[①]无比开心；

我是个轻佻的女孩，喜欢旋着飞，

　　飞啊高飞

　　　　然后还要飞。

我想说我**都会**交配

　　跟遇到的不管哪只雄蜂。

在自然方式授精中

有种欣喜若狂的感觉；

认为爱情是项缺陷的人

是个守旧派，还是个笨蛋，

因为我是个蜂后，我是只蜜蜂，

我快快活活，富于幻想，

对试管不感兴趣。

　　不是我，

　　我是只蜜蜂。

我在此宣布我**都会**交配

　　跟遇到的不管哪只雄蜂。

让马和奶牛，通过安排，

用无爱的交配来改进自己吧，

让地面上的动物用时兴方式繁殖吧，

① 昆虫学术语，尤指具翅雌雄蚁的交配飞行。

我会守着空中和满腔激情；
我也许长得小，只是一只蜜蜂
可是我**不会**让科学来改进**我**，
　　我不要，
　　我是只蜜蜂。
好天气时，吹着随意的风，
任何一只雄蜂都是我的相好。
我对现代的爱情无从评判，
它太深思熟虑，太严肃，
我不过是只蜜蜂——我是野生的，我是自由的，
　　这就是我。
我可不能太挑剔；
每只蜂后身上都有点放荡，
　　在高空中
　　真的很少见。
　　我想说
　　我**都会**交配
跟遇到的不管哪只雄蜂。

人类愚蠢得着迷于最新进展，
他念念不忘改进动物种属；
如果这意味着不再心醉神迷
改进一只蜜蜂又有什么劲儿？
　　（天气晴好时

　　他应该到场，
　　噢，对于一只蜜蜂来说
　　真是很少见。）
人类多么聪明，正在变得愚蠢，
他的有些计划纯粹是残忍，
他拥有一种会毁灭世界的炸弹
他还想改变性关系。
他认为爱情是项缺陷，
他是个守旧派，是个笨蛋；
人类爱管闲事，是蠢材，
他在试管深处寻找爱情。
他不安分的头脑永远在转悠，
他以为只要他在变化，就是在前进，
他分裂原子，他绞尽脑汁。
人类爱管闲事，单调无趣，
人类忙碌而不是闲着，
人类令人担心地有自毁倾向。
　　我，我是只蜜蜂。
我是只蜜蜂，对此特别喜欢，
我是只蜜蜂，对此开心得要命，
我是只蜜蜂，了解爱情：
你上楼，你到上面去，
你不会停下来吃正餐或者晚饭，
天空不会等——上去要飞很高；

你起飞,往上高飞,直上蓝天,
是你和我,孩子,我和你,
这是一切,是最近的雄蜂,
你永远不会觉得孤单。
　　我是只蜜蜂,
　　我是自由的。

如果有任何一个老农夫能够照顾我,移我入蜂箱,
那么任何一只雄蜂都能追上来以我为妻;
我怜悯那些无法在天气宜人时去高空
交合的动物,
我可怜奶牛,她们只能吹嘘
通过邮包才能有的韵事,
我可怜阴谋诡计的人,
他试管式的举止,试管式的微笑;
我会繁殖,我会产卵,
向来这样——只看当时心情如何;
因为我是蜂后,我是只蜜蜂,
我快快活活,富于幻想,
我喜欢的是空中之爱,
　　哦,在美妙的空中,
　　这可真是**少见**,
　　　　我想说
　　　　我**都会**交配
跟遇到的不管哪只雄蜂。

第五辑　城市与土地

素昧平生旅馆

火车已经到达,安全经过了看不清楚的扶手电梯末端,搬运工在前面推行李,接着行李先是搬上了出租车,然后有人恭恭敬敬地问“去哪儿?”,也正确回答过了。沃伦特先生靠到真皮座位上,一只脚搭着行李,这时他的头往后搁在靠背上,眼睛透过打开的天窗盯着往天上看,高楼大厦向他压来,一一掠过。沃伦特先生不出声地说,一大早就在夏天的燠热中,听得见的炎热,看得见的炎热,发臭,蒸汽腾腾,糟糕透顶,却诱人。这样的早晨,惟此地独有。他还能感觉到脚趾让扶手电梯最高处那块金属短暂碰到的那一下,升到最后,他的脚趾给碰了一下,好像它(静止的部分)实际上是移动的,好像他脚下的电梯末端本身滑了一下,而他是僵硬和静止不动的,末端是流动的,不安分,突然有了浮力,他突然就到了地面之上。

素昧平生旅馆,他已经跟司机马克斯·温劳布说过。门关上了,温劳布的手往后伸,把计价器上的小旗扳下来,黄色出租车开始驰向已知的目的地、意料中的房间(尽管可能是几乎任何房号,却仍然总是同一个房间——可能是302房,要么也许是9楼的907房,要么可能是1411房,这个房号难记,他总是要错房间钥匙),可是沃伦特先生肯定仍然会对房间感觉熟悉,里面有同样的东西,无论是哪间房。一开始是空气不流通的被遗弃的感觉,然后服务员放下行李后一下子推开窗,马上全进来了:噪音,热浪,生活,还有那只鸽子在窗台上整理羽毛。墙壁是苹果绿色的,墙上的装饰性嵌板(苹果绿)是用一根根嵌条拼成,也是同样颜色。镜子会跟衣柜相配,因为应该如此,会用一条金色的绳子吊着,绳钩用一个装饰性的金色扣子遮着,锦上添花的,还有金色的流苏。噢,可爱的房间,钢梁合乎建筑原理地安居其位,在头顶上,漂亮地掩盖在白色水泥之下,让沃伦特先生躺在床上时可以看到;浴室里有用小滑环挂着的浴帘,只要一用,就足以(噢,空间!)让浴帘把浴缸全挡住,药柜的玻璃搁板上有地方(也能够)搁牙刷、面霜、牙膏之类。壁橱里有纸袋,可以放脏衣服,八点前送,可以在第三天下午送回,这是个一诺千金式的承诺,第三天下午,几乎可以。

仲夏慵倦的氛围中,在树木之下,纽约穿着她最薄的衣服,舒展身体躺在那儿,在她的情人沃伦特先生眼里,她懒洋洋的,漂亮。这天,她一早便在热浪的怀抱里,轻佻,任性,似乎夜里洗过澡,醒了后懒得穿衣服,摊开身体,让微风——什么样的微风啊——触及她的胳膊、腿、肩膀和前额,沃伦特先生这样想着,心里喜欢。卡车、突然加速、无礼的喇叭声和万千之事进行的沙沙声,全都因为仲夏万物的短暂停顿而多少减弱了,这些是她正常的呼吸(如果你很了解她,在久远的过去跟她在这个季节生活过的话)和脉搏,正常。最早上班的人也是在这个时辰进入各座大楼。凉篷已经摇起了,以投下宜人的阴凉,遮阳的三角形一块块勾画在人行道上。每条街上,他一眼看到的某扇门,或者门厅,或者某扇窗户都会搅动他的回忆,让他回想起以前生活中的某事某物。

“在这个门口……”

“在那条小街上……”

“在这间咖啡馆靠里面的雅座里……”

纽约就是有这个特点,它总是能唤起你的记忆,想到过去的某事某物,某种荒唐的或者可爱的,或者闪闪发光的。他沉思道,在这里,包围着他的,无疑是他的人生之书写得最密集的部分;在这个城市里,在大街小巷,在墙后,在电话间,在屋顶下面,在遮篷和天棚之下,是他气定神闲时想起来的故事场景,不管故事的结构有多么薄弱,重述时有多么不易让人相信。

出租车从潘恩火车站开到旅馆的短短时间里,沃伦特先生在思想上,对所经过的具有历史意义的地方做了一番漫长的感性旅行。他知道不久就会亲身再访几处这种地点,只是经过而已,等到他在市里闲下来后——每次他都会这样做,旧地重游的习惯在他身上根深蒂固,是他下意识跟自己订的约会,是他在纽约时认真对待的惟一约会。总是这样:到市里后,他的第一个电话留言是给自己的,沃伦特先生给沃伦特先生打电话。这段时间,他坐在出租车上,很快就把自己的思路导向它经常去的港口。这儿是第五大道和契尔兹餐馆,在这里,很久以前有位女侍者把一瓶脱脂乳洒到了他的蓝套装上。这是个转折点,他倾向这样认为。他时常在想,不知道那个女孩现在何处,这个多少是无价的,却又笨手笨脚的女孩,是她无意中塑造了他的人生,此后,他再也没能告别那种人生。(沃伦特先生把这场灾祸记述下来卖给了一家年轻而无经验的杂志,这让他有了极为重要的发现,即一个人把自己的不幸之事简单而易读地记下来,社会会付钱给他。口袋里有支票,麻烦总是近在咫尺,面对生活,年轻的沃伦特找回了勇气,也看到了做坦白有利可图的广阔前景;事实上,他一直坚持了下来,并且做得很出色。我想我最终会掏空了,他恍惚地想道,可是目前还没有。可怜的女孩,那个女侍者!

她在哪儿？他应该送她点什么，一大笔钱，也许五元钱吧，要么他最新的著作签名本，对了，书名叫什么来着？

这边是什么？一个商店橱窗，没错，在大学路。正是在他观看这个橱窗时，他喜欢过的一条狗（也特别爱看橱窗）被一辆出租车撞死了。正是在这个地方。那条狗可以说象征了仍然活着的什么，活生生的，一定要永远别遇到世界上的灾难和开得糟糕的出租车。大学路，在第八街的街角（小心已经没有了的小汽车道，瓦伦特！），和那个地方有一石之远的地方——没错，那边是公园，可以隔着铁门看到，一个有趣的游乐园，墙围着，同样的藤架，同样的女贞树篱、铺砖路和挤在一起的颜色乌黑的对称物。天热时，在三楼靠后面的睡房里，凉爽的过堂风掠过马厩街上低低的房顶，防火梯粗糙的网格滤净风中的杂物，一路吹过来，那是多么令人心神爽快啊，至今在记忆中似乎依然如此，那个安静的、永难忘记的房间！再往西……就是在这个区，就在这里，在华盛顿街，在往下走三级要么四级台阶的咖啡馆里——现在合法了，以前是无法无天，却宾至如归——他们结婚当天晚上在那里用晚餐（只是谁都不知道），快活地呷着葡萄酒。正是在这根电线杆（请到下个街区）下面，在另一章节里，在另外一种心情下，同样美妙，同样强烈……

广场上的这座塑像——这儿有点熟悉，瓦伦特！当然！有一首十四行诗就是写它的，第二十九首十四行诗，关于疲累双脚的那首。但是在这首诗的艰难诞生之际，这座塑像似乎多么柔和，多么漂亮，多么出色啊！

在这处台阶上，他呕吐过，不过我们就不用多说了。他老是在呕吐，沃伦特叹口气想道。反胃和爱情，一对类似的发作情形，其一是胃里，另一种是浑身上下，有时人们称为心里。噢，充满激情、令人不安的城市啊，他曾经在无数个小房间里，坐在数不清多少张桌前，对着房间倾诉灵魂上近期的烦恼，让烦恼晚上在葡萄酒中理清，第二天早上放在托盘上又还给他（好像由一个特殊的信使所为）——那么多逼仄的破地方，因为许多次对着其交心，而变得地位崇高。（他想，当时没有空调；同样的空气被关在小房间里，让一个风扇吹着而流动，带着游移的烟雾从一张桌子流动到另一张桌子，直到整个地方积聚了几月、几年的激情、爱情、冒险和希望，地板和墙上有了悦目的自然光泽，就像一间教堂会积聚虔诚、悲伤和神圣特性一样。

沃伦特坐的出租车开得快，可是还比不上他的心思活动得快，他的心思在遥远往事中的西十三街。只有埃尔小铺和街角的擦鞋洗帽店还在。他想，要上两段台阶，他也听到了外面大门拉开门闩的声音，也看到了邮箱上面擦亮的牌子，他读上面的名字。上两段楼梯，和别人一起住，那是多么艰难困苦的日子啊——他们个个有份好差使，除了他——许多个上午，别人去上班后，他一个人待在公寓里收拾东西，洗了结着一层麦片的碗，把咖啡壶拆开再装好，然后上午过了一半时，孤独至极地坐到疙里疙瘩的旧沙发上，有时放纵自己流下怀疑和不安的泪水（那是他自己的怀疑的咸水河）。在靠后面的房间里，意在弥补条件不足的窗口花坛里，脏乎乎的幼苗勇敢地挣扎存活，隔着院子，还能看到那个裸体胖女人。怎样打发一天，一直是个问题，无数次漫无目的地走到市里路途遥远的地方，看仓库、码头、沼泽、堆木场，无休无止地寻找神圣却无以名之的圣杯，追随一颗总被雾霭遮住的星星，在每条街上、每扇窗和每双眼睛里寻觅。不过还有些中午是在威弗利街的那间餐馆里(从那扇门进去),研究菜谱,想出怎样花五角钱(包括小费)得到最大实惠,研究别的吃午餐者的面庞和女孩子反射回来的冷冷眼神,还有持久存在的迷惑。晴朗而暖和的六月天里,在后面的院子里,在臭椿树的树荫下,同样的食物和仪式。还有凉爽的夜晚(沃伦特先生曾经脚步轻盈地沿着第六大街走,到了西四街时转右,到了巴罗街转左,进了一个小门洞,那儿有个意大利人欢迎他,还有他喜欢的同样的廉价旅馆饭,还带着一个曾经爱过的女孩,发现在一个光线阴暗而且人满为患的房间里,也能极为难得地不受打扰)。

在这间花店,我买了……从街角数起的第二间餐馆里,门口数起的第三格里,B跟我说……在这个报摊上,我买了《世界报》早版,上面刊登了……这里,我曾经心怀痛苦地走过这些大树下……我沿着这道窄而破旧的楼梯走上……

沃伦特先生的心思又跳跃了一下,去下城到了公园大道上的一个门口。那年秋天,一个星期六的傍晚,他站在大堂里慢慢地吃一串托凯葡萄,一边把籽吐掉。他刚刚辞了他在纽约的第一份工作,当时正在闷闷不乐地吃葡萄,以一个含义丰富的仪式,来纪念他人生中的首个重大举措已告失败,重获自由。他无力应付工作的要求,好像有块石头压在他胃里,现在他又加上了葡萄;但是认识到自己的行动不再让钟点的指针来限定,感到重新可以自由自在地乱走,感觉到再次成为一个只能收到最模棱两可、最神秘任务的记者,这些感觉就是他呼进的氧气。他站了很久,不再有特定的地方要去。一个重要的门口,他一直这样想。自那以后,每次他吃到红葡萄,都会再次品尝到重整旗鼓带来的令人舒畅的焕然一新之感。

啊，我，沃伦特先生想道。

门口！天哪，他难道不是一直在几个门口处晃悠吗？他的过去，几乎有种偷偷摸摸的样子。二十年代时的第四大街，你在那儿干吗，沃伦特，在第四大街没劲的这一段的一个门口干吗？你知道得很清楚——你知道你在等待，因为你认为如果等得够久，会看到她五点钟下班从那个卖毛纺品（如果不是个卖棉制品的）的地方出来，无论如何，在这难挨的一天里，看上一眼就是惟一的营养品了，这种等待，就像一条饿狗想吃一块面包皮。我说你就是饥饿，沃伦特。

转过街角，就是格拉默西公园，势利的栏杆围着绿色的格拉默西公园，有钱人家的孩子在里面骑着从施瓦茨玩具商店买来的脚踏车。就是在这个公园里，尽管当时我还没有钥匙，沃伦特先生说……

这是那次舞会结束后我醒来时所在的房子，在要命的中午时分，我再次穿上无尾礼服和前胸起皱的礼服衬衫，穿街走巷，装作我是个侍者，或者一个正赶场演出的乐手。我的儿子出生在那间塔楼里，星期天的钟声，死神穿着上过浆的制服，血浆在输血管里缓缓而流。

出租车停在了素昧平生旅馆，沃伦特登记后，被领去他的房间，704 房，里面有着饰以流苏的镜子。他打开行李箱，把剃须刀和别的东西放进药柜。早饭后，他走出来，他知道自己会这样做的。他一走到街头，热浪便扑面而来。怀着爱意和欣赏之情，他亲热地把这个城市拥在怀中，抱着她。人们走得不快，送货的伙计穿着衬衫，腋下有半月形的汗迹，门房懒洋洋地用一个杜松子酒旧瓶子里奶油一样的东西擦亮铜水塔,警察穿着衬衫,甚至他的手枪在烈日劲晒下也变软了。沃伦特先生漫无目的地踱向公园大道,然后往上城方向走去。不一会儿,他注意到一个看似熟悉的门口。他扫了一眼号码,然后看上面铭牌上的名字。从医的人名。沃伦特笑了,就是在这幢大楼里,一个五月的上午……

沃伦特叹了口气。哦,难以了解的、可爱的城市!哦,爱的城堡。

城市笔记

正午

我们今天独自用午餐,习惯如此,这样对消化有好处,也能带来一种郁郁寡欢的心态,稍具文学价值。但是环顾室内,看那些有着两个、三个、四个人用餐的餐桌时,我们意识到纽约的午餐具有多么重要的功效,多么立竿见影,多么目标明确啊。每张餐桌上,都笼罩着有利可图的深色帷幕——去那儿的每个人都有生意或计划上的某种理由:推销员,申请人,恳求者,煽动者,主管联络者,跟经纪人打情骂俏的女演员、试探编辑态度的作者,为两人之间奇怪地占什么上风而争吵的情人,处处在凉鲑鱼的饰菜之外,都会再加上个人的小装饰。我们旁边有一位带着粗帆布包的人,正在说服一位卖家禽饲料的先生他独特的袋子跟普通袋子比起来,能让维生素保持更久的活性。我们看着这说服和被说服的一幕时,脑子里想像到有几百万只母鸡站在地面干结成块的养鸡场上,发出母鸡那种做梦一般的声音,对于那种新袋子、保存促进产蛋的麦麸里维生素的新方法和城里午餐时出现的无数新生事物,全都茫然不知。

别的也没什么好做,我们投诉鱼有臭味。"这鱼您不喜欢?"侍者跟领班侍者悄悄说了他负责的这张餐桌上的麻烦事后,领班说。"有臭味。"我们只是实话实说,领班却不肯去闻,尽管鼻子是鉴别食物时最宝贵的器官。他可以免费给我们换一盘菜——可是别想让他去闻自己餐馆里的菜。在此情形下,一条狗还会做得更直接呢,它们不只会闻不好的鱼,而且会闻个不停。

* * *

我们的侍者跟我们说他感觉好得不可思议,认为这是因为他总是吃鱼皮,他极力推荐把鱼皮当作强身健体的食物。可是我们获得力量,不是因为承认把鱼皮吃下肚,而是在脑子里紧紧记着鱼本身——这条漂亮的鱼,银色的流星,完全适应环境,我想到了它的蛋白质这方面。天然或者未经消化状态的某物能维持体力,低估这种功能是不对的。每个人都一定要有自己生命力量的秘密来源。有人吃葡萄来预防癌症,并以此获得力量。另外有人不出声地编织东西,直接从毛线针那里获得惊人的力量。最近,我们打开了乡下带来的一个盒子,冷杉树脂刺鼻的香味和桤木浆果转瞬即逝的气味令我们感觉焕然一新,就好像我们从新英格兰的巨型血库中输了血。重要的是,让每个人都感觉强壮,并能确定地说出力量源自何处。

暂时

在龟湾一带一块块补丁似的小花园里,五六片枫叶让秋天带上了刺鼻的味道。几天前的一个上午,一只画眉鸟出现在这里,我们在窗前看着它,褐色,不期而至,正在探索那片林子,蘸一下喷泉。这种来访,给一个城里人带来了独特的满足感;如果我们是在乡下发现的它,欢乐只会有这次的一半。城市是人们喜欢以片剂状、浓缩的方式过日子的地方:一片森林减少至一棵树,一个湖泊蒸馏成一个喷泉,在空中飞行的所有鸟类,体现到了暂时飞进某个小花园的一只画眉身上。

商业展览

这是个宜人的下午，烟雾正从烟囱口的丝丝亮光中升腾起来，菊花色的粉红色云彩以苍白的天空为背景展开。我们离开第八大道去看商业展览时，就连这条大道似乎也浸在天空的灰色中。我们走在两边是计算器、邮件地址印刷机的过道上，那些女孩身穿洁白无瑕的缎制衣服，安坐在电镀椅子上，她们的一头金发像云朵一样光彩熠熠，她们的指甲闪闪发亮，是菊花的粉红色。她们按下小而发亮的按键——咔嗒，敲，拉，咔嗒，敲，拉——加，减，归档，汇集，打地址，口授，打字，她们的身影清晰地映在一尘不染的铁墙上，墙上有纹理，看着像是木头，而商业之窃窃私语的谜团被放大一百倍，让人心为之惊愕。我们崇拜地在每台机器前驻足，就像游客经过神龛时那样。看上去，这一切比我们看过的任何戏剧都更具机械论特点，甚至和那一小帮认真对待戏剧的人制作出来的戏剧相比也是如此。可是我们注意到的机器似乎成为主宰，却只是幻觉而已，电流实际上不起作用，因为无论到哪儿，我们都看到男人在一本正经地站着跟身穿洁白无瑕的缎子衣服的女孩说话，他们之间，总是有所交流，他们的外表稍微有点格外之处。那些不可思议的机器的制造者眼神清澈，渴望地盯着那些女孩看，女孩也跟他们对视，欲望对欲望。每个房间里普遍存在的，就是这种交流的电流（欲望未能实现，令人兴奋），而不是做加法、制表、标点符号、减法这些咔嗒作响的神秘之处，这些根本不足观，是给关于得不到的美丽（在第八大道的一座大厅里）、诱人之极的秀发（云朵一般）的不间断、颤声的洪亮歌曲作伴奏（咔嗒，敲，打），而烟雾正从烟囱口的丝丝亮光中升腾起来。

安静

市里努力想把噪音降下来，结果，这件事情却变得很具代表性。在现有的喧闹之外，市里又增加了一辆黄色大卡车，装满了华而不实的报纸记者和分贝检测仪，雇了两辆出租车一直响着喇叭，闹哄哄地在前面开路，天地之间，都因为反噪音而隆隆作响。

我们从来不认为分贝是可靠的声音指数。测量声音并不容易，有些最响的声音不能让分贝检测仪有一丝颤动：一座有人刚去世的房子里压低的说话声，或者一个人在努力工作时，一个孩子的手指按在插销上试着想打开锁，看这个男的愿不愿意出去玩。声音的性质比音量更有说服性，在城市里确实如此，这里噪音不可避免。乡间的一座锯木场里分贝数很高，可是耳朵很容易就适应了，很快就像市郊某个下午的鸣蝉一样不再烦人。纽约的噪音，甚至在分贝值最低的情况下，都有种刺激人的特点，全是突出的坏脾气，具有不耐烦、受虐狂性质——跟巴黎的噪音不一样，在那里，高音喇叭的一声声尖鸣所传播的，是欢快和稍有醉意的好性格。热浪会影响声音，将其加强。在一个灼热的上午，早餐时分在一间咖啡馆里，刺耳的一声响，一只瓷咖啡杯碰到托盘碎掉了。纽约的声音在小街上达到了高潮，就像在西四十四街，在我们的窗下，偶尔会出现梗阻，整个街区全是发动着的汽车，堵塞的难受劲儿一直增强，直到每个喇叭都在响——一种不约而同、精神错乱的仇恨的尖叫，每一分贝都带着一小滴毒药。

市里满怀渴望寻求安静，我们可没上当。这种事情我们全都经历过，包括把我们呛得半死的那次反吸烟运动。我们市民的活力太盛，别指望他们会安静。甚至在这会儿，我们竖起的耳朵听到远处传来一声汽车喇叭响，刺破安静——这无疑是降噪联盟某位成员的喇叭响，在督促一个行人别挡道，好让他及时赶去参加反噪音会议。

别离之悲

理发师在给我们剪头发，我们闭着眼睛——很可能会这样。我们已经进入一个休息的深层和丰富的世界，只是在理发接近尾声时，才会找到这个世界。剪刀一下一下，已经到了很接近耳朵后面需动作小心的阶段，我们低着头，平和降临在椅子上，只能听到理发师因为哮喘而发出的吸气声，标志着生命的节拍。我们沉浸在自己的世界里之时，听到很远地方传来的一个告别的声音，是店里的一位顾客正要离开。“再见，”他跟几位理发师说。“再见。”几位理发师回应道。我们根本没有重新清醒，也没有睁开眼睛，也没怎么想，就加入进去：“再见。”我们脱口而出。马上，这一刻的悲伤之情令我们心动，这种因为跟我们从未见过的人道别而产生的重重哀伤。自那以后，我们就在猜度他长什么样，猜度是否真的会永别。

重新发现

最近我们从乡下过来，在中城的一家旅馆里住了几天，让飞蛾自由统治我们的公寓。我们在旅馆里住的睡房挨着一个通风道，每次有谁淋浴，嘶嘶水声总是清晰可闻。人们频繁淋浴，因为天热，也是因为淋浴可以打发时间。有人下午五点钟入住，然后就淋浴，到了晚上，人们会在八九点钟左右淋浴，然后戏院散场后，他们回来又洗一次,还有晚归的人——寻欢作乐的男男女女——会在凌晨三点钟回来,用淋浴来降温。这幢楼里,好像大家都在淋浴,过一阵子,我们也洗上了。雨哗哗地下,大概对长在通风道底的庄稼有好处。

有时,我们对纽约的感情由于熟悉而减少了。没有哪幢楼看着够高,没有哪条地铁线让人惊奇,没有哪条大道富于魅力——一切,一切都普普通通。然后,在重新发现的那一刻,就好像我们跟这个城市再次初度相遇。几天前就发生过这种事,当时我们顺路去我们弃住的公寓拿一本书。那是个密闭的空间——一方死气沉沉的坟墓,盛的是樟脑、拉上的窗帘和绿色的记忆。没有空气进来,也没有空气逸出,没打开过水龙头,没有盯视过哪幅画。盖着防尘罩的家具似乎摆设好迎接死者。一本摊开的杂志还扔在原来的地方,时髦的女士穿着夏天的服装摆姿势,等待秋天到来。捕鼠夹上没有夹住老鼠,酒瓶里没有雪利酒。这个地方混乱之中一片寂静,一个盛着热度和期待的立方体,它让人感觉兴奋,我们对周围的城市有了种新鲜感:压力潮起潮落,带着盐分,它的八百万居民每一个人完美的悲剧——那么多目的地,那么多到达及离去,车票钱的收付,做出承诺,接受承诺,无数个房间里灯光明灭,电流和血液的流动,诸项安排,一次次见面,目的性强的约会,人们紧紧关在电话间里打电话查天气,灾难,绝境,风钻摆好架式准备钻开人行道,牙医的电钻摆好架式准备钻开牙齿,评论家的铅笔摆好架式,渡轮的铁链在绞盘上绞,小偷和素食者在公园里——我们真真切切地看到他们,就好像帷幕拉起,现出纽约。我们离开公寓走在街上时,就好像登上了舞台,我们清清楚楚看到那位女士在垃圾筒里翻东西,一个爱开玩笑的单身汉把他的尖头鞋留给街角那个擦鞋的,我们对银杏树的庄严仪态和马车夫的彬彬有礼看得入迷。我们没买什么喝的,只是顺路买了本书。

商业世界的僵局

我们去一间商业公司碰运气,正在接待室等候时,透过薄薄的隔板,无意间听到一位业内的将军想通过电话联络另一位将军,这两位碰到了一个在我们看来极难解决的僵局。奥金克洛斯先生办公室的电话响了,我们听到奥金克洛斯先生的秘书接电话,是伯斯坦先生的秘书打来的。"好吧,把电话接过来,"奥金克洛斯先生训练有素的秘书说道,"我转给奥金克洛斯先生听。""不行,"另一个女孩显然这样回答,"你把奥金克洛斯先生接过来,**我**把**他**转给伯斯坦先生听。""绝对不行,"隔板后面那个女孩回应道,"我根本不能想像让奥金克洛斯先生等。"

两位巨人之间的这场战役持续了五至十分钟,参战者是他们的副官,是为了确定哪位巨人的时间更宝贵。而这段时间里,巨人本身想来只是坐着剔牙而已。最后有一个女孩让步了,要么屈服了,不过本来很可能会打个平手。我们坐在那儿长了见识,业界的这次暂时停顿似乎充分说明了明天会更好——到时候真正的平等进入商业生活,谁都无法跟任何人说话,因为他们都同样忙碌。

安全

《时报》上的一则广告称:"战争结束后,你会前所未有地需要拥有一间农场或者种植园。"做广告者建议在佐治亚州海滨购买三千英亩,大部分地方以前种水稻,现在是个野鸭栖息地。"现在置一份产业，它会成为抵抗未来变迁的可靠的防波堤。”

好多人很可能心里也在琢磨这件事，因为人类就像野鸭，正在寻找憩息地。但是在我们看来，扯着安全的旗号来推销乡间的产业属于误述。拥有土地现在仍是极具开拓性的冒险行为；拥有一块产业正是种危险的生活方式。一个城市人，在他变成一个农场主或者种植园主之时，就面临两个选择：他可以把土地重新整治得适于耕种，让自己有可能被他原先一无所知的上千个塘鹅套所套，要么他可以不去管土地，单靠投资收入和野鸭来生活——这也是种朝不保夕的生活。总的说来，如果人们很热心于重新发现土地，我们赞成他们这样做，可是对这种生活，应该据实介绍，即它是一场险象环生的冒险。对任何计划购买种植园的人，都应该跟他们丑话说在前头，让他们充分意识到在他肥力耗尽的田地上，会有像野鸭那么多的不测情形。

在电梯里

和陌生人一起坐电梯下到熟悉的高度时，屏住呼吸，身体僵硬，心里在计时。我们在公共电梯里这种短暂的垂直而上的一趟趟——从街道到办公室所在的高度，经过缺少的第十三层——提供了生机暂停的片刻，特殊而且大概不无好处。电梯里的乘客，不管是紧紧挤在一起，还是零零散散，犹有多余空间，在直上直下的这一段，他们会进入一种类似出神的状态：大家都遵守不成文的规定，即一个人如果在下午五点钟下楼，鼻子紧挨着一个陌生女人脑后的头发，他会把呼吸减少到维持生命所需的绝对最低频率，宁可窒息，也决不允许自己的具体存在有侵犯他人的迹象；一个人半夜一点钟回家，只有另外一个人跟他共乘，对此，他会小心翼翼地不流露出一丝察觉。乘电梯为何会带来这种辛苦的肌体僵硬症？也许是突然严肃起来，在他们感觉重力受到扰乱时——他们希望扰乱得成功——会顿然如此。有时在我们看来，电梯里的每个人似乎都在不出声地祈祷。

孪生胎

上星期一个暖和而阴郁的上午，我们去布朗克斯动物园看小驼鹿，也想把一双黑色的新的鞋子穿合脚。我们刚好运气比原先预计的要好。母驼鹿和它的小鹿一起，站在猴舍下面鹿苑的墙旁边。为了看得更清楚，我们溜达到了鹿苑里地势低的一端，小溪旁边。那里的小路少有人走。角落处，小溪的涓涓细流在铁丝网下流淌，我们注意到那头红色的鹿正要站起来。她旁边站着一头带着斑点的小鹿，正在学习用腿。这头小鹿就像是一个从缩小透镜观看的小装饰物，小而完美。鹿妈妈和小鹿站在一棵灰白色的山毛榉下面，树干上刻着十几个心的形状和名字的缩写。四肢摊开躺在地上的，是另外一头小鹿，我们意识到这头母鹿刚刚生了一对孪生胎。第二头小鹿身上还是湿漉漉的，还没有站起身。这一幕，是难得一见的林中奇景，发生在我们最喜欢的五个城区之一，夫复何求啊。就连我们的新鞋子也好像挺合脚，不再很夹脚了。

那头母鹿距铁丝网咫尺之遥，我们在小路边的一块大石头上坐下来，来看看两头小鹿初涉布朗克斯区米特尔的幽静之地时情况如何。鹿妈妈有点不喜欢我们在场，她也因为分娩而变得茫然，抬起一只蹄子拘谨地顿地。接着，她低下头衔起胞衣，开始尽责地吃下去，胞衣在嘴边甩来甩去，像是一束干枯的甜菜叶。从猴舍那边传来某只爱挑剔的灵长类动物的疯狂大叫声,野性的喧嚣回荡在整片林地。我们看的时候,太阳无力地射下光芒,照亮了小鹿身上鲜艳的红色,也照亮了它们身上白色的斑点。偶尔有一位观光客出现,方向不定地漫步走过,可是经过的人无一意识到有什么不同寻常的事情已经发生。“看袋鼠!”一个小孩喊道。他和妈妈情绪不佳地盯着那头鹿,然后又走了。

过了一会儿,孪生胎的第二头凭着四条腿和全部本能站了起来,头一次站了起来,一边在闻一个鹿苑内有何神秘之处。母鹿看出自己的成就,放下别的事,开始把它弄干,倒着舔它的毛,特别注意关键部位。与此同时,第一头小鹿踮着蹄子向浅浅的小溪走去,走两步停一下,然后开始蹚过去。他在溪流中间停了一下,就像小孩子洗澡时一样,稍稍叫一两声。接着,在妈妈的注视下,他继续蹚过去,到了另一边,选了个藏身处,在靠近栅栏的一处臭菘叶子之下卧下,被遮个正好,腿整齐地蜷在身下。并不是真的看不到它,他却成功地在移动的光影之下完全消失了。从遥远的某处,传来中午十二点报时的汽笛声。我们待了一会儿,可是那头小鹿一动不动。我们走之前,也蹚过了小溪,就在栅栏外面,我们跪下来,把手伸过铁丝网,试了试别人跟我们说的是否是真的,就是你可以搔一头新生鹿两耳中间的地方,它不会受惊。你真的可以。

炸弹阴影下的生活

上星期,《每日新闻报》的“爱打听的摄影师”①拦住了哈利·福

① 指詹姆斯·杰梅尔,他曾长期主持纽约的《每日新闻报》上“爱打听的摄影师”专栏。

克斯、卢西奥·波雷洛、海伦·E·柯普太太、二等兵劳伦斯·M·赞帕雷利、约瑟夫·佐维奇和二等兵安德鲁·L·特拉诺,询问如果买得起的话,他们想买什么。佐维奇想买台电视机,这样晚上就可以待在家里,福克斯想买房产或者地产(因为"这是实实在在的"),柯普太太想要一幢付清贷款的房子,波雷洛想供孩子上大学,赞帕雷利很想给女朋友买一辆红色的敞篷车,剩下家住布朗克斯的二等兵,问他这个问题时,他回答道:"在乡下给我父母买一幢房子,他们住在那儿完全不用害怕原子弹。我还会弄一个铅制的地下室,以防万一碰巧被炸到或者炸弹近距脱靶。请把我的话印出来,因为我的父母精神不好,这也许能让他们开心点。"

我们一直在想着布朗克斯的那对夫妇,他们因为担心原子弹而精神不好,还想着他们在乡下的梦想之屋,地下室是铅制的。在我们看来,纽约成为轰炸目标这一话题讨论得还不够充分,只是间接讨论,通过偶尔的新闻,关于防空洞的,还有在教室里,有了看到天空出现闪光时怎样躲避的说明。

大体说来,这个城市里的人分为三类:第一类是因为缺钱,在是否要搬得远离轰炸范围一事上没有选择;第二类是能够享受自由选择的人,他们决定搬走;第三类是可以走,却宁愿留下来的人。第一和第三类人数众多,第二类很少。

二等兵特拉诺对《每日新闻报》的回答,不仅说明了恐惧能打击人的意志,而且说明远走高飞是无用的。因为他刚把父母安顿到农村,就要为他们建一个铅制地下室,这样,他们的恐惧就在危险和忧虑的氛围中得以永远延续下去。

我们一直试图分析自己对纽约作为一个二十世纪中叶的居住

之地有何感觉及信念。我们属于得天独厚的那类人,选择的话,可以逃离这个城市,去到广袤的乡间似乎没那么可能挨炸弹的地方。如果我们知道在某一天的某一时,这座城市真的会遭到轰炸,我们也许会因为所有动物身上强烈的自保意识而离开此地。可是因为我们不知道这些,我们倾向——就像很多人那样——待在这里,保持如一切照常下的举止。“干吗?”有时我们这样自问,部分是自豪,部分是懒惰,部分是感觉在劫难逃,部分是种责任感,认为即使是最微小的努力,如果能占据我们的注意力,就对所有人的力量做出了贡献。

当然在纽约,不分年龄,不分性别,几乎每个人都考虑过这些问题,大概几乎每个人对炸弹阴影下的城市生活,都有了个人的某种信条或者哲学,但我们并不是特别想跟别人交流这一点,每个人都宁愿把自己的想法压在心底。

我们并不想坚持认为在核时代,人们继续生活在大城市是明智之举,可是我们对这一点很有把握:二等兵特拉诺要建的铅制地下室说明了如果恐惧是一个人行李的一部分,住在何处没什么区别:他会随身带着他的炸弹。如今,不管聪明还是愚蠢,住在城市只有一种方式,也就是相信城市本身是人们自身成就的纪念碑,每个人都应该以自己的方式忠实于它。

小小的绿色住所

我们觉得,在如今这个瞬息万变的时代,纽约这里令人兴奋的一件事,就是住得离联合国总部够近,我们可以时不时溜达过去,坐在新椅子上,听一听老的辩论。在八年左右的时间里,我们关注着联合国在国内搬来搬去,曾经带着悲伤去旁听,在奇奇怪怪的地方,因为没有更好的地方可去,它因地制宜:歌剧院,旅馆房间,大学体育馆,溜冰场,陀螺仪工厂等,现在是东河边上一个小小的绿色住所。这些家全都奇奇怪怪的,但有一个共同点——是一种梦幻的混合物,结合了现代的内部装饰、年代久远的仇恨和看不到的上百万人的极度渴望。

最近我们在得克萨斯州的某份报纸上,读到关于联合国的一篇文章——一位教育工作者发出的警告,称小学生正在被灌输世界大同的概念,他认为在青少年个性形成时期,不宜向他们介绍任何像国际论坛这种神秘而又复杂的事物,或者说不值得提倡。他的论点为,在孩童们对熟悉自己的美国之前和达到判断力成熟之前,引导他们认识联合国和"宣扬其效力"是危险的。他想让校童"先看看美国"。他怀疑企图向校童讲授有关联合国之事动机不纯。他的忧虑显然是他的切身感受,论点也听着耳熟,因为联合国这个问题,已经让许多教育委员会感到困扰。

在我们看来,答案很简单。孩童们当然应该先看看美国,反正他们必定要首先看到美国,因为他们往窗外看或者看黑板,或者看他们的老师以及他们的同时代人时,看到的就是美国。可是无论好坏,有关今日美国的许多可见事实之一,就是加入联合国。告诉校童联合国运作良好,这是不合理的,但是我们认为同样无法为之辩护的,是装作联合国不存在或者我们没有参与很多。报纸上那篇文章的作者称联合国"孕育及出生都不合时宜"。好了,在它出生之时,我们就在现场,给我们留下的印象是联合国的出身的确古怪:它的母亲大人是希望,父亲是恐惧,结果是个软弱的机构。我们承认,这个幼儿的前景不容乐观,然而在1945年,把各个国家和那些人聚到一起的渴望及热情却绝非不容乐观。八年前那一事件有不可避免的背景,尽管到今天它还不够可靠,但是任何一个得克萨斯州的教育工作者,都不应该企图掩盖生活中的事实。小孩们总是敏于发现这些事实,尽管大人们古板地企图粉饰。

前不久,我们闷闷不乐地旁听联合国大会政治安全委员会开会时,心里在想着这些事。我们不知道那位得克萨斯州的教育工作者有没有像我们这样,不时去联合国里面走一走,不知道他有没有实际体验过这里的奇特氛围——他想不让孩子们知道的这种氛围。我们也认为,这是个幻想的大厅,幻想部分说来是具体的:内部装饰有点太好了,门是透明的,并未真正把地方隔开,地毯太软太厚,话语太硬太浅,走廊上空荡荡的,椅子和设施的豪华程度远远超过了国际间在和谐方面的事实。处处都有种现代感、优雅感和不真实感,总体上有种隐约的兴奋感。每种紧张、每种梦想、每种诡计、每种哲学、每种语言都同聚一室。加在一起,在很多方面都没有意义,有时似乎完全没有意义。然而在某方面,它是意义最重要的地方,不让孩子体验它的这一方面,在我们看来,是低估了一个孩子的理解力。任何一个足够聪明的七岁孩子,都能意识到在世界上的某处,有一个他的对应项——另外一个七岁的孩子,即使得不到同样的机会和保护,也基本上拥有同样的特点和欲望,因为距离,因为语言而跟他疏远,即将长成他的敌人或者朋友。

联合国是个未曾住进去的家,它的房间是装修工人而不是一位妻子收拾好的。不寒而栗的景象,莫过于开预备会议时的盛况:代表们在外围站了一圈,低声说话,人人用的是自己的语言,睿智的脸庞上挂着睿智的笑容;他们正在谋划当天的策略——涉及全球几百万人生命的策略,我们得难过地加一句,还包括得克萨斯州校童的生命。我们从未见过如此令人不寒而栗的景象。摄影记者围着维辛斯基①,就好像他是世界上的最后一个人,好像他有某种特殊意图,通过镜头可以将其揭露。

这里经常让我们联想到医院。最近一次我们走进去后,广播在找伊朗的代表(就像在一间医院里,听到广播里找某位医生,你感觉到在某处,有位病人的病情恶化了,你战栗了)。在联合国,你听到他们一遍遍广播"伊朗的代表",在走廊上听到这样郑重其事的广播,你想知道是不是中东哪儿的局势恶化了。联合国就是这种地方——一个令人感觉恐怖的机关,但不是你能向孩子们隐瞒的。甚至这幢大楼本身也会渗漏:建筑的拱肩位置有地方漏水,承载世界上的风风雨雨。摆在那里的,有它的成功,它的名不副实、它的诡计和无休无止的争论,但是我们站在这个地方内部时,感觉到世界上的风也漏进了自己的体内,感到这种力量解释了联合国的重要性,这种力量无疑存在,极为强大,并非小孩无法理解。堵住拱肩位置处的漏水处,这将是他们的责任(也是我们的)。

① 安德烈·维辛斯基(1883—1954),苏联政治家、外交家,曾任苏联外交部长和常驻联合国代表。

母鸡[①]

（一篇赞辞）

在城市长大的人们眼里，鸡的地位并非一直崇高，尽管我注意到鸡蛋则从来如此。现在母鸡受到青睐，这场战争将她神化，她成了家庭前线的所爱，在会议桌上受到极大关注，在每节吸烟车厢里受到赞美，她女孩子一般的举止和奇特的习惯，成了许多兴奋的农夫的话题，在这些人眼里，昨天，母鸡还跟荣耀和魅力两不沾边呢。

我自己跟母鸡的感情，要追溯至1907年，无论身处顺境逆境，我一直对她忠心耿耿。我们之间的关系并非一直易于维持。一开始，身为一个住在仔细分区的郊区的男孩，我要跟邻居和警察打交道，我得像对待一份地下报纸一样呵护小鸡。后来，身为一个住在农村的人，我要跟城市的朋友打交道，他们中的大多数，都把母鸡视为直接来自综艺节目的滑稽道具。当时我会回到城里重访旧游之地，这些朋友会带着一丝居高临下的微笑，然后是那个已经不新鲜的问题："小鸡都还好吧？"他们的奚落，只是让我对母鸡爱之更深，依然忠心耿耿，就像一个人的新娘受到自己家人公然嘲弄，却依然这样对她。现在听着城里人兴致勃勃地侃侃而谈，轮到我挂上那种微笑了。他们突然把母鸡当成交往中的话题，听到的，全是他们新发现的狂喜、知识和新罕布什尔红羽鸡和怀恩多特花边羽毛鸡各有千秋的魅力。从他们因为惊讶或者赞美而发出的紧张喊叫中，你会以为母鸡是昨天才在纽约郊区孵出来的，而不是在遥远的过去，在印度的林莽中。

我写下这些开场白,但是还未有机会一读作者琼斯先生在指导意见方面有什么要说的。对一个养鸡的人来说,关于家禽的一切知识都令人兴奋,永远吸引人。多年以来,我在这方面肯定读过几百万字,而且还没读够。好像这个话题重复了一遍又一遍后,又有所提高。每年春天,我都会专门读我订的农场期刊,脸上带着同样的出神表情,读着关于怎样布置育雏暖房的老生常谈——就像一个女用人有可能全神贯注地读一篇有关怎样铺床的文章。

因为这本书是本指南,我觉得我应该指导一下读者,而不应该连篇累牍发表对母鸡的溢美之词。幸好我能把我就小鸡所了解的一切都塞进一个段落,按说这也是我职责所在,不宜再拖。那么,以下便是我所提供的养鸡基本指南:

要整洁,要有勇气。把产蛋鸡舍里的喂料器和饮水器都架高,离地面二十二英寸。使用U形而不是V形的喂料器,都盛至半满,直到空了后再加满。走路,别跑。千万别带陌生的物品进鸡舍。别跟任何人交流你对小鸡的热忱。用电比用煤省事,可是电力孵化器应该在顶部装风扇,以便从上往下通风。如果你是个容易紧张的人,就养洛克鸡,如果你是个安静的人,就养红羽鸡。别把钉墙板的钉子掉在产蛋鸡舍的地上。刚出壳小鸡的头两天,千万别喂催肥饲料——喂小鸡饲料,也就是磨得很细的碎谷。如果你想让自己的餐桌上有八个鸡蛋,别一养小鸡就是三百只。别用电孵小鸡,除非你

① 本篇原为《小规模养鸡基本指南》(罗伊·E·琼斯著,威廉·莫罗公司1944年版)所撰前言。

愿意在碰到大暴雨天气或者保险丝烧掉时，凌晨三点钟从被窝爬出来。把你的全部考虑和计划都往前推，从一个卖出的鸡蛋，一直推到买来的第一只小鸡。你不喜欢小鸡，要么甚至不喜欢鸡粪的话，就别去养鸡。总是在孵出小鸡之前就点数。如果你没有三百块钱，也估计不会有的话，就别去购买三百个刚孵出一天的小鸡，因为你很快就需要有三百块钱。用干净锯末来铺鸡窝，经常更换。千万别拿麦秸来当铺草，除非切碎了。早上穿衣服时，把你的鞋带多打一道，因为母鸡会把鞋带当成虫子。把鸡从产蛋鸡舍转移到鸡棚时，要把它们在鸡棚里关上一天两夜，然后才把它们放出来跑。

这就是我提供的基本指南，但无疑也应该就教于琼斯先生。

对母鸡常见的指责，是说她是种愚蠢的动物，这并非事实。母鸡的确容易大惊小怪，但并不蠢。她对于灾难将至感觉很敏锐，但是她的很多担心在我看来，都完全不是无缘无故：我看到过没经验的人在他的母鸡旁边所做的事，换了是我，我也会警惕的。当然，母鸡极其女性化，即农场主所称的“神神经经的”，这在小母鸡身上特别明显，她们是在早秋醉人的日子里调整自己应付产蛋的重重压力。尽管我不愿意相信母鸡是种愚蠢的动物，可是我要承认母鸡的行为确实相当难测，有时候甚至会让我这样一个老朋友和赞美者吃惊。去年十二月时，我已经去我的产蛋鸡舍收鸡蛋收了十六个星期，从来不曾让母鸡们过分警惕，有天早上我戴着我太太当作圣诞礼物送给我的手表进了鸡舍。我打开鸡窝的第一层，手伸到一只母鸡的身下取出鸡蛋，那只母鸡一看到手表就尖叫起来：“定时炸弹！”马上，整个鸡舍炸了窝，母鸡们相互踩踏着想冲到角落。这种惊慌失措的表现，导致有人认为母鸡是种愚蠢的动物。

无数人在养鸡方面有过惨痛的经历——城市人幻想在未经培训,也未有特殊本领的情况下,就可以住到农村去,靠养鸡过上滋润日子。也许他们去养一头会跳舞的熊还要好点。乡下散布着他们一度前途光明的冒险所留下的坍败的废墟。对于以他们习惯的方式养鸡要花多少钱,所需设备得花多少钱,有多少种类,鸡对谷物有多么吃不够,它们成长以及直到长成能下蛋的家禽有多少个阶段,一群鸡有多少容易报销掉,需要下多大功夫,绝大多数人对这些问题都一概不知。在我看来,无论是谁,如果想从事养鸡,应该慢点来,谨慎进行——不是从很多新建筑和亮闪闪的喷水器开始,而是从健壮的一群里挑出几只已经养成的小母鸡开始。如果养小鸡只是种奢侈享受或者时尚,而你口袋里有钱,想为母鸡们建造一个美轮美奂的宫殿,还要请一位女管家来照顾它们的需要并把它们管教好,那是另外一回事。可是用奢侈或者不相宜的方法养鸡,或者在物料及时间上花费过大,我敢肯定这都并非上策。

在一件事情上,我可能跟这本书的作者及出版者看法不一致,也就是对于"小群"的定义。我心目中的一小群是十二只,或者顶多十八只。在我看来,只要超过十八只,就不是一小群,而是一大群。我知道两三百只鸡经常被说成是一小群,也许的确如此,可是当读者在晚春的一个夜晚把三百只鸡从育雏暖房运到鸡棚,在黑暗中拿起每只鸡,放到一辆卡车或者手推车里,把这批活的货物运到目的地,然后又把每只鸡拿起来,在黑暗里把它放到休息地方,然后才去上床睡觉之时,我会让他自己来回答这个问题。如果他在完成了这种夜间劳作之后,仍然认为三百只是一小群,他就有资格这样认为。

就像任何别的一年到头都得干的活一样，经过较长一段时间后，养鸡也会失去最初的吸引力，可是一个真正跟母鸡建立起亲密关系的人不会轻易想逃跑。会有令人泄气的时刻和日子：一个悲伤的早上，一只母鸡发出悲伤的噪音，打乱了你的精心计划，差不多能像我所知道的任何事情一样，很快让人情绪一落千丈。还有另外一些时刻和日子带来了丰厚回报，令人振奋。我还是个小孩子时，看到孵化奇迹时的感觉；我对母鸡孵蛋时奇特的镇静心怀尊敬；经过二十一天的沉思和祈祷后，看到一个鸡蛋从里面啄开时我有过的敬畏感——这种感觉、尊敬和敬畏，都只是程度稍稍减弱了一点而已。一位城里人——克洛伦斯·戴——曾这样写道：

哦，那些生活过爱过的人们啊
谁又能看着一只鸡蛋无动于衷？

这绝对是关于这个永不枯竭的话题所写下的最温馨的颂词，最能一语概之。看官，如果你能看着一只鸡蛋无动于衷，那还是离母鸡远些吧！

牧场管理

牧场池塘再过去一点，
　　美丽的草地那边，
我把"2,4－D"①
　　喷洒在灌木林上。

（对易于控制的刚长出来的一年生野草，每英亩使用一到两品脱。）

我读过我的小册子，
　　我对此有了解。
两头小母牛
　　过来看我表演。

（在野草长得茎叶肥厚时，顺着沟渠和篱笆使用"2,4－D"，不会危及家畜。）

牧场上野草长得茂盛，
　　蓟草还有月桂属植物；
一个宁静的早上，
　　正是喷药的好时候。

（使用农业除草剂易于除草——不是用化学品灼杀，而是利用激素作用。）

突然间我看到了
　　我的喷雾器所找到的：
周围到处都是
　　腼腆的野草莓

（"2,4－D"的烷基丁酯是让纯"2,4－D"酸跟酒精发生反应，得到的是一种油性液体，能粘附于野草叶片上。）

小小的人啊，
　　这是怎样的疯狂？
对野草莓的吻
　　这是怎样的回答？

（可以使用任何3加仑或者4加仑的园艺泵压式喷雾器，先要把标准的喷嘴换成新型精准喷嘴。）

我觉得好像难以相信
　　我是这样开始了一天
让送上门来的一餐

① 一种除草剂，中文通用名为"2,4—滴"，化学名称为"2,4—二氯苯氧基乙酸"。

无法入口。

我已经喷完的那一溜

牧场上到处都是

成熟的野草莓

但是已用激素处理过。

(这本小册子给你全面指导。)

我瞪着小母牛，

愚蠢的人啊；

我瞪着我已经

污染了的草莓。

我瞪着狭叶山月桂，

桧属灌木和月桂属植物。

我慢吞吞地走回家

收起我的喷雾器。

不除草了，太太，

噢，今天不除草了。

(有夸脱装、1加仑和5加仑罐装，还有55加仑桶装。)

一头猪的死

九月中旬，我和一头生病的猪度过了几天几夜，我感觉有必要交代一下这段时间所发生的事，特别是鉴于那头猪最后还是死了，而我活了下来，但是很容易就可能是另外一种情形，那样的话，就没人来做这件事了。即使是现在，隔这么近，我就对各个时间点记得不太清楚，无法断定猪是第三天还是第四天晚上死的。拿不准这一点令我烦恼，感觉自己的身体也变差了；我身体好歹还行的话，就会知道跟猪一起守了几个夜晚。

春暖花开时买头小猪，喂过夏天，喂过秋天，天气转为严寒时宰了它，我熟悉这样的计划，自古至今也是这么做的。在绝大多数农场上，这就是严格按照原来剧本演出的悲剧。早有计划的谋杀属一级谋杀，但是做得迅速而熟练，熏肉和火腿代表了隆重的落幕，很少有人质疑过这样是否合适。

偶尔会出岔子——有位演员忘了台词不知所措，演出难以为继。我的那头猪只是该吃食时没有出现。恐慌传得很快，悲剧偏离了经典的套路。我发现自己突然身兼两职，既是猪的朋友，又是它的医生——一个滑稽角色，手里拿着一个灌肠用的袋子当道具。就在第一天下午，我预感这场戏再也无法回到正常的轨道上，我的同情心此时完全倾注在这头猪身上。这是场闹剧——具有戏剧性的治疗方法马上引起了我那条老猎犬弗雷德的兴趣，他参加了守夜，叼过灌肠袋，在一切都结束时，还主持过下葬。我们把尸体滑下墓穴时，我们都痛彻心扉。我们感到的不是失去了火腿，而是失去了一头猪。显然他变得对我来说是珍贵的，不在于他代表了将来饥饿时的营养品，而是他在一个受苦的世界上受了罪。不过我讲得太快了，得往回说。

我的猪圈位于房子南边一个老果园的尽头。我都是在一间破败的房子里养猪，那儿以前是冰库。可以在一个舒适的猪圈里活动，上方有一棵苹果树遮阴，树枝垂在低低的栅栏上方，对于一头猪来说，不可能住得比这还好——反正没有哪一头提出过。冰库里的锯末让地面站着很舒服，当窝也暖和。但在猪生病时，也怀疑到了锯末上。有位邻居说在重新收拾过的地上饲养更好——同样的原则也适用于种土豆。他说锯末里也许有什么会影响健康，他对锯末从来没好感。

我最早注意到猪有毛病，是在下午四点钟左右。他该吃晚饭时，没有来到食槽前。当一头猪（或者一个小孩）不肯吃晚饭时，不管在哪一家或者哪一座冰库，都会传遍一股担心的寒意。猪在屋子里，伸着腿躺在锯末中，我对他检查过之后，就去给戴默森医生打电话，摇了四下电话。戴默森医生接了电话。“猪生病怎么治？”我问。（在农村打电话从来不需要报上姓名，通过声音和问题的性质，电话那头就知道是谁打的电话。）

“我不知道，我从来没给猪看过病。”戴默森先生说，“不过我可以很快查出来。你把电话挂了，我给亨利打个电话。”

过了五分钟，戴默森先生的电话来了。“亨利说把猪翻个身让他仰着，给他灌两盎司蓖麻油或者橄榄油。不管用的话，给他灌肥皂水。他说他几乎能肯定猪是吃撑着了，就算他错了，这样做也没什么坏处。”

我谢了戴默森医生。不过我没有马上去管猪。而是坐到一张椅子上，一动不动地坐了几分钟，来考虑我遇到的这件麻烦事，然后起来去了谷仓，做了几样需要做的零碎事。下意识拖延了一个钟头没行动，去做的话，就等于正式承认养猪的事算是演砸了。对于有规律的喂食、稳步成长、日子稳稳当当地一天过一天，我根本不想看到有任何打扰，只想继续养一头猪，顿顿吃饱，从春到夏，从夏到秋。我甚至不知道家里有没有两盎司蓖麻油。

五点过后不久，我记得我们那天晚上被邀请去别人家吃饭，我意识到要是给猪吃药，就绝对事不宜迟。有人请吃饭，这种冲突情形似乎感觉不陌生：我搬到了一个人际交往没什么章法的地方，经常一两个星期过去，我没去谁家吃饭，也没有谁来我家吃饭，可是在的确有那么一次时，通常会冒出一件事（之前一两个钟头才出现，让一切人际交往显得极不合适）。我开始相信当女主人的，都有种不一般的预言能力，她们把宴请安排得刚好跟猪生病或别的什么岔子凑到一起。不管怎么样，已经过了五点，我知道我不能再把那个不祥的时辰往后再拖了。

我和儿子拿着一小瓶蓖麻油和一段晾衣服绳到了猪圈时，那头猪从房子里出来了，正无精打采地站在猪圈中央。他略微跟我们打了招呼，我能看出他感觉不舒服，也拿不准。我带了晾衣绳，本来是想把它捆起来（那头猪超过一百磅），不过一直没用上。我的儿子把手伸下去，抓住两条前腿，一下就把他放倒了，他张开嘴巴嚎叫时，我把蓖麻油倒进了他的喉咙——那里是粉红色的，有波浪状皱纹，以前我从来没有看到过。那瓶油在他嘴巴里时，我才有机会读到了标签，上面印着“纯试”牌。猪的嚎叫声因为喉咙里有油而稍微降低了，发出来的是猪所能发出的歇斯底里的尖叫声，像是有人在折磨它，不过没嚎很久，突然就停止了，一松开他的腿，它马上就站了起来。

被掀倒后，他的嘴角掉转了方向，让他有种皱着眉头的表情。恢复站立姿势后，他又带上了那种固定的微笑，猪在生病时会这样微笑。他稳稳当当地站着，稍微咂一下残留的蓖麻油，有几滴从他的嘴唇漏下来，而他带着恨意的眼睛在几根若有似无的睫毛遮挡下盯着我看，一副厌恶的样子。我用油乎乎的手指轻轻搔弄他，他保持安静，似乎想回忆在他健康时，这样搔弄带来的满足感，也似乎在心里排练他刚刚有过的愤慨之情。我站在那儿时，注意到靠近尾巴的背部有四五个小黑斑，褐色偏红，看着不像出问题，但同时看着又不像仅仅是皮外伤或者擦伤而已，而更像是体内毛病引起的斑点，他的白色硬鬃几乎完全遮住了，我得用手指拨开鬃毛才能看清楚。

几个钟头后，午夜前几分钟，花别人的钱好好吃了一顿后，我又拿一把电筒去了猪圈。病者睡着了，我摸了摸他的耳朵（就像你会把手搁在一个孩子的额头），感觉凉凉的。后来我借助电筒光，仔细查看了猪圈和猪舍，看有没有什么迹象说明灌油起了作用。我什么也没找到，就去睡觉了。

那一段天气反常——又闷又热，每天夜里都有浓雾，天明后几个钟头才消，天一擦黑又卷土重来，一开始在树梢缭绕，突然就遍及田野，遮没了整个世界，占有了房屋、人和牲畜。大家都盼望这种天气能消停一下，可是一直没有。第二天又是大热天。早饭前，我去看了那头猪，往他的食槽里倒了点牛奶，想把它引出来。我从牙缝里发出咂食的声音,想让他回忆起过去的快意之事,他却只是盯着食槽看。如果是很小的猪,胆子小,而且刚断了奶,这种把戏经常很奏效,会鼓动他们吃食,可是对生病的大猪,这种把戏毫无意义,我发出的声音就算让他有感觉,也是痛苦居多。他不止是不想吃东西,而且甚至很反感。我发现他夜里在苹果树下呕吐过。

到了这时,尽管我早已陷入沮丧,却没想过会失去这头猪。一头健康的猪精力充沛,让一个人感到自己也精力充沛。往食槽里倒东西,猪吃得香喷喷,这预示了以后这人自己也会有顿大餐吃,可是当突然不再如此时,食物放到发馊也没动,在太阳地里变酸,这头猪的不适让这个人也感同身受,生活似乎缺少安全感,变幻无常。

随着我自己变得精神低落,这头猪也是,我那条可恶的老猎犬却兴奋起来,我们沿着果园里的小路去了一趟又一趟猪圈,让他乐此不疲。尽管他的关节炎毛病很严重,行动困难,如果他能找到人愿意给他端吃端喝,他本来会卧床不起。

他从不错过跟我一起去看猪,他自己还充内行探视了很多次。你可以看到他一天到晚都在那儿,他摇摇晃晃、脚步不稳地走来走去,他白白的脸庞分开栅栏边上的草丛,挂着听诊器——一个快活的庸医,写着害人有余的处方,不怀好意地咧着嘴笑。拿出灌肠袋和拎来温暖的肥皂水时,他的快活达到了顶点,他费力地把他的庞然身躯挤过猪圈两根最低的横栏中间,然后全权负责起了灌肠。有一次,我把灌肠袋放低不让继续流时,他伸头过来,很快喝了几大口肥皂水,想试试有什么劲儿。我早就注意到弗雷德会积极地吞下跟麻烦有关的任何东西——他喜欢苦味。他够不着灌肠袋时,把注意力转移到猪身上，马上无处不在，力量无穷，麻烦无穷。很奇怪的是，在这场灌肠狂欢的自始至终，这头猪安静地躺着。而灌肠尽管没用，却不像我原来想的那样难。

不过我发现一旦开始给猪灌肠，便没有回头路，没有机会再继续扮演生活中更为固定的角色。这头猪的命运和我的复杂地联结在一起，好像那根橡胶管就是联系纽带。从那时起到这头猪死去，我对他念念不忘：想尽量让他免于痛苦，先是任务，后来变成了无法解脱的魔症。他的痛苦很快变得体现了世界上的一切不幸。到了快黄昏时，治病失败的我打电话给二十英里外的兽医，把病例正式移交给他。他问了很多问题，我随随便便地说猪背有黑斑时，他的声音变了调。

"我不想吓着你，"他说，"可是在出现斑点时，就得考虑丹毒了①。"

我们就一起考虑丹毒，接线员时不时插话，他弄不准电话是不是已经接通。

"猪得了丹毒，会不会传染给人？"我问。

"会的，能传染。"兽医回答道。

"有人接了吗？"接线员问。

"对，有人接了。"我说。然后又跟兽医说："你最好过来，马上检查一下这头猪。"

"我自己没办法去。"兽医说，"不过可以的话，麦克法兰晚上可

---

① 由一种溶血性链球菌引起的皮肤或皮下组织突发性疾病，其症状是局部发炎和发烧。

以过去，反正对猪，麦克懂得更多。你不用太担心斑点的事，要能看出斑点，一定得有深层出血式梗阻。”

“深层出血式什么？”我问。

“梗阻。”兽医说。

“有人接了吗？”

“嗯，”我说，“我不知道你怎么称这些斑点，只是差不多有苍蝇那么大。如果猪有丹毒，我想现在我也得了，因为最近我们接触很多。”

“麦克法兰会过去。”兽医说。

我挂上电话，感觉喉咙发干，去碗橱那边拿了瓶威士忌。深层梗塞内出血——这个短语开始钩紧了我的头。我本来以为在养一头猪等待宰杀的几个月里，猪不会出问题。我对猪的基本健康和忍耐力很有信心，特别对于猪的健康，这属于我，是我自豪的计划中的一部分。觉醒是猛然而至的，我特别在乎这一点，因为我知道，这头猪的真实情况如何，也可能代表了我的整齐有序的世界中其他部分如何。我尽量不去想这个不快的念头，它却一再出现。我抿了口威士忌，尽管我想去猪圈看有没有新情况，却不敢去。我当时肯定我也得上了丹毒。

天黑之后很久，晚饭的盘碟已经收拾好后，才有一辆小汽车开来，麦克法兰下了车。他领着一个女孩，黑暗里我勉强能认出她的样子，她看上去年轻漂亮。“这是欧文小姐，”他说，“我们在海边野餐，所以来晚了。”

麦克法兰站在车道上脱掉外套，接着又脱了衬衫。我帮他找到工作服并穿上拉好拉链时，他粗壮的手臂和能干的两只手出现在我的电筒光下。他的车后座上放的物品之多令人吃惊,他很快翻开来,挑了一段铁链、一支注射器、一瓶油、一根橡皮管和几样我不认识的东西。欧文小姐说她要跟我们一起去看看那头猪。我领路走下果园里的那道暖暖的斜坡,我的电筒给他们照路,我们三个人都翻过栅栏,进了猪舍,蹲在猪旁边,麦克法兰用肛门体温计给猪量体温。我的电筒照到那个女孩手上的订婚戒指,闪了一下光。

"没发烧。"麦克法兰一边在光线下转动体温计,一边说,"你不用担心丹毒。"他用手慢慢地按猪的肚子,按到一处时,猪痛苦地叫了一声。

"可怜的小猪猪!"欧文小姐说。

接着重复了一遍两天以来我给猪的治疗方法,由医生来做,多少更在行。视他需要,我和欧文小姐也帮了忙——把他在猪的上颌绕了一圈的铁链勒紧,拿着注射器、瓶塞和橡皮管一端,我们三个人都在黑暗里做事,感觉自如,本能地合作默契,这种紧急情况促使我们这样做。猪没有抗议。住宅那边黑乎乎的,能保护人,感觉亲切。我上床时感到累,但是有松口气的感觉,因为我已经把对病者的部分责任转移给了一位有执照的医生。不过当时我就开始想到,这头猪挨不过去的。

二十四小时后,他死了,要么也许是四十八小时——在这一点上,时间模糊了,我的讲述中,有可能拖长或者减少了一天,猪多活或者少活了一天。最后那天,我不时把清凉的水拎去给他。每逢这种时候,他有力气站起来的话,会站起来,头埋在桶里,用鼻子到处闻一闻。他喝了几口就不肯再多喝,但是他把鼻子浸到水里让水面晃动，把水吸进去，又从牙缝喷出来，这好像给了他安慰。这时，他基本上都在猪舍里躺着，身子半埋在锯末里。有一次，他快咽气前，我在照顾他时，看到他想给自己弄个睡觉的窝，可是力气不够，他把鼻子拱进锯末时，甚至没法拱一道浅浅的沟好让自己躺下来。

他去猪舍外面死的。我睡觉前去看时，他躺在猪圈里，离门口有几英尺。我跪下来，看到他死了，把他留在那儿没动。它的表情平淡，既没有显得很安详，也没有显得很受罪，尽管我想他受了很大罪。我回到住宅那边睡觉了，内心里哭过——从很深处流出来的眼泪。直到第二天早上八点我才醒，从开着的窗户往外看时，看到已经在挖坟墓了，在过了垃圾处的一棵野苹果树下。我能听见铁锹碰到碍事的小石头的声音。我自言自语道，万勿着人去询坟墓为谁而掘，实为汝也。我完全清楚弗雷德会监督挖坑工作，所以我慢条斯理地吃了早餐。

那天是星期六上午。我看到掘墓人干活所在的那片灌木林颜色黑黝黝的，暖暖的，天是阴的。那里，在桤木和小落叶松中间，在那棵野苹果树下，莱尼已经挖了个漂亮的墓穴，五英尺长，三英尺阔，三英尺深。他站在墓穴里，正在把最后几满锹泥土铲出来，弗雷德绕着穴边转圈，动作简单，让人印象深刻，把土堆上的松土弄散了，结果又有少量流回墓穴。几星期没下过雨了，甚至往下超过三英尺，泥土就是干的，而且呈粉末状。我站在那儿盯着看时，墓穴底有条很长的蚯蚓，让锹铲得露出一段，它往更深的地方钻，慢慢地缩走，去更孤单的深处寻找更难寻的湿气。就在莱尼跨步上来，把铁锹靠到树上点了根烟时，从树顶的一根树枝上掉下一个小小的绿苹果，掉进了墓穴。这最后的一幕似乎已经被人写滥了——阴暗的天空，杂树林，沛然欲雨，蚯蚓（传说中跟死者共眠），苹果（传统上给猪当点缀）。

但即使是这样，我想埋葬动物有种直接和急切的特点，让它比人的葬礼更体面：不用在肮脏的殡仪间厝棺，没有花圈，也不用撒土。我们把绳子套在猪的后腿上，用力拖绳子，很快把他拖离猪圈，在垃圾堆上留下一溜压倒的草和压平整的碎石。我们一行人走得公事公办，弗雷德这个不称职的送葬者摇摇晃晃地跟在后面，他脸上的每道皱纹都流露出反常的悲伤。解剖就在坟墓边上进行，方便而且迅速，导致这头猪死亡的内脏先于它掉进地下，最后，它终于在自己的死因之上安息了。

我先满满地铲了一锨土下去，接着，我们不说话很快地干活，直到完成。我捡起那条绳子，绑住了弗雷德的项圈（他是个有名的盗尸者），我们三个一溜沿小路走回住宅，弗雷德断后，一路上每步都不愿走，倔劲显得不同一般。我注意到尽管他比那头猪轻很多，他却更难拖，因为他有生命的火花。

我的猪死掉一事，一下子传得又快又远，朋友和邻居们都多次向我表示同情，因为谁都不把这件事视为小事，我很快发现，社区会把一头猪的早夭这一死亡事件郑重记录在日历上，对于这种悲伤，整个社区都觉得完全有份。养猪失败，我带着后悔和痛苦写下了这篇记叙，也解释了我是怎样偏离了养那么多头猪已经走过的传统过程。树林间的坟墓没有标记，可是弗雷德可以满怀好意、正确无误地把哀悼者领到地方，我知道在沉思和绝望的季节，在我们自己挑选的未做标记的纪念日，我和他会时常重访这里，有时自个儿去，有时一起。

译后记

随着近年来对其著作的引进出版，对国内读者来说，美国童话作家、随笔作家 E. B. 怀特的名字至少已经不再陌生，所以就不在这里对他多做介绍了。

我自己读到怀特的作品，还是七年前的事，先读他极负盛名的《E. B. 怀特随笔》（上海译文出版社以《这就是纽约》和《重游缅湖》两册出版），深为他文字的精雕细琢、富于情趣及识见的不凡而打动。读了这本书后不久，虽然我当时刚刚踏上文学翻译之路，自觉未达到译好怀特随笔的水平，但是因为爱之切，还是大着胆子译了几篇出来，分别发表在几份外国文学刊物上。去年有幸接下本书的翻译任务，终于圆了译一本怀特作品集的夙愿。

这本《从街角数起的第二棵树》出版于 1954 年，由怀特本人所编，精选了他之前所写的随笔、评论、诗歌，甚至还有短篇小说，展示了他多方面的写作才能，内容丰富多彩。在本书的自序中，怀特有这样的话："无论是谁，下笔时所写的都是自己，不管是否自知。这就是一本具有揭示性的书。"已经读过怀特的童话和随笔精选的读者，可以在这本书里了解到怀特为文为人的方方面面。

我在阅读和翻译这本出版已逾半个多世纪的书时，不时惊讶地发现其内容与我们当下这个世界仍息息相关。这固然与怀特编书时的原则有关（"主要说来，我打算挑选的，是那些并不太依赖于即事即景，或者启发其创作之异象的篇目"），但也说明了怀特的作品具有长久的生命力。我在几年前的一篇文章中写过阅读怀特的感受:“读他的文字,如同跟一位睿智而永远心怀纯真的长者相处,让人感受到一种难得的亲切感,让心灵回复平静,并唤起对世界的爱和对美的追求。”几年以来,在读了怀特的大部分作品后,我这个印象仍未改变。当然,怀特文字中反映出来的,还有他坚持原则、勇于实践等方面。总之,他是一位值得反复阅读的作家。

翻译怀特随笔之难是公认的,以前几十年中,他的随笔少有译介的事实也说明了这一点。我在知难而上翻译时,对怎样以中文表现他的文字考虑得很多。怀特作品中的思想耐人咀嚼,而在英语读者眼里,他又是位杰出的文体家。跟20世纪流行起来的海明威式电报文风相反,怀特的文字以精确、绵长、令人回味无穷为特色。我在翻译时,除了尽量吃透原文、注意文采之外,在形式上,稍微保留了长句风格。不用说,我在这本书里体现的译作风格,是建立在自己的阅读感受基础上,属一己之见,效果如何,尚待读者来评判。另外在翻译这种美文时,尽管我已尽了最大努力,译文中仍不免会失去很多东西,这既与翻译工作的“原罪”(“翻译即背叛”)有关,又与译者素养关系很大,我在此要先请读者谅解,同时也衷心希望读者能多去读一读怀特的原文。

本书中有四篇与《E. B. 怀特随笔》中的重复,我在翻译中参考了贾辉丰先生的译文,特此致谢。

孙仲旭

2008年7月12日于广州

图书在版编目(CIP)数据

从街角数起的第二棵树/(美)怀特(White, E. B.)著;孙仲旭译.
—上海:上海译文出版社,2014.7
(译文随笔)
书名原文:The Second Tree from the Corner
ISBN 978-7-5327-6556-0

Ⅰ.①从… Ⅱ.①怀… ②孙… Ⅲ.①文学—作品综合集—美国—现代 Ⅳ.①I712.15

中国版本图书馆CIP数据核字(2014)第056059号

从街角数起的第二棵树
〔美〕E. B. 怀特 著 孙仲旭 译
责任编辑/黄昱宁 封面设计/张志全工作室

上海世纪出版股份有限公司
上海译文出版社出版
网址:www.yiwen.com.cn
上海世纪出版股份有限公司发行中心发行
200001 上海福建中路193号 www.ewen.cc
浙江新华数码印务有限公司印刷

开本 850×1168 1/32 印张 8.5 插页 5 字数 132,000
2014年7月第1版 2014年7月第1次印刷
印数:0,001—5,000册

ISBN 978-7-5327-6556-0/I·3926
定价:35.00元